小学生经典名著阅读课程化系列

中国神话故事

张欣瑜／主编

北京出版集团
北京教育出版社

图书在版编目（CIP）数据

中国神话故事 / 张欣瑜主编. -- 北京 ：北京教育出版社，2025.6. --（小学生经典名著阅读课程化系列）.

ISBN 978-7-5704-5389-4

Ⅰ. I277.5

中国国家版本馆CIP数据核字第2025RM8356号

小学生经典名著阅读课程化系列

中国神话故事

张欣瑜 / 主编

*

北 京 出 版 集 团
北 京 教 育 出 版 社 出版

（北京北三环中路6号）

邮政编码：100120

网 址：www.bph.com.cn

北 京 出 版 集 团 总 发 行

全 国 各 地 书 店 经 销

三河市嘉科万达彩色印刷有限公司印刷

*

710mm×980mm 16开本 10印张 100千字

2025年6月第1版 2025年6月第1次印刷

ISBN 978-7-5704-5389-4

定价：32.80元

名师教你整本书阅读策略

阅读策略是基于一定的阅读目的，用来提高阅读效果的阅读技巧和方法。掌握阅读策略，不仅是语文教材对学生的要求，也是读者能快速提高阅读能力的关键。为让读者更好地阅读和使用本书，我们为读者提供了以下几点策略：

一 进行合理的预测

预测就是指根据现有信息对文章中人物命运的发展、情节的变化、故事的结局等进行合理的推测，并在之后的阅读中对自己的预测进行验证。预测是没有绝对的对错之分的，我们可以在寻求验证的过程中不断修改自己的预测。在预测时，我们不能毫无根据地想象，应该有一定的依据。

1. 针对书名或篇名预测

无论是一本书的书名还是一篇文章的篇名，常常体现着整个文本的主旨，所以我们可以根据书名或者篇名来预测文本的主要内容。

2. 联系生活经验预测

有时候，我们还可以根据自己的生活经验来预测后文的发展情况。这样的预测依据来源于生活，有利于我们将所读文本与生活实际相联系，从而加深对文本内容的理解。

3. 联系上下文，根据关键句或者文字细节预测

文章中一些关键的语句和细节也会暗示故事的发展，当读到这些关键地方时，我们可以先弄懂作者暗藏的意思，然后根据暗示的方向对后文进行预测。如《神笔马良》中，当读到开头部分马良

说的“为什么穷孩子不能拿笔，连画也不能学呢？我就是要学画画！”时，我们可以预测：如果马良真的得到了一支神笔，他应该会十分珍惜，并用这支神笔帮助穷苦的老百姓改变命运。

二 提问，让思考伴随阅读

提问的过程就是一个思考的过程。学会对文本进行提问，并从中寻找答案，可以提高自己的阅读能力。

提问的方向不是单一的，我们可以从文本内容、写作手法、启示等不同角度来提问。如在读《爱的教育》一书时，我们可以针对写作手法提问：作者用第一人称，从儿童的视角来描述故事，对作品的呈现有什么好处？

提问可以针对全文，也可以针对文本的部分内容。如读到《爱丽丝漫游奇境》中爱丽丝想安慰老鼠却不愿意说自己不喜欢猫的情节时，我们可以提问：爱丽丝为什么不愿意说自己不喜欢猫呢？

我们可以将自己在阅读中所提的问题写在一张卡片上，并在阅读后对卡片上的问题进行总结，看看哪些问题引导你对文本有了更深入的理解，哪些问题引发了你对书中内容其他方向的思考，哪些问题没有固定的答案……从而锻炼自己提问和思考的能力。

三 整合信息，让阅读更有条理

整合信息就是将书中看似散乱无序的信息整理为有逻辑、有顺序的系统化的信息，这是学生需要锻炼的重要能力之一。整合信息能力的培养有一个从易到难的过程，即从提取单一信息到提取多个信息，然后进行比较、整理，并做出解释。

1. 根据关键词句概括一段话的大意

关键词句往往包含着文本的线索，或者表现着作者的思想感情

荟萃优秀文学作品
“快乐读书吧”
阅读书目
提升语文核心素养

《中国神话故事》

阅读指导手册

YUEDU ZHIDAO SHOUCE

经典名著趣味读，阅读素养天天长

随书附赠

第一章

《中国神话故事》导读

作品名片

书　　名：《中国神话故事》

体　　裁：神话故事

人　　物：盘古、女娲、精卫、伏羲、沉香、黄帝、夸父、神农等

关 键 词：勇敢、善良、顽强、坚持不懈、奉献精神

作品特色

在上古时期，人们便对自己所生存的世界感到无比好奇。当时的人们无法科学地解释世界，便借助大胆的想象，创造了神话。《中国神话故事》中的神话故事充满了绚丽的色彩，其中各式各样的英雄人物让我们敬佩，他们的许多言行、精神都集中体现了中华民族的优秀品质。那些为社会进步和人类的幸福而献身的英雄备受人们的赞颂，他们身上都

具有无私无畏、不怕困难、坚持不懈的精神。《中国神话故事》中的神话故事具有强烈的积极浪漫主义精神，其中包含离奇的情节、大胆的夸张、丰富的想象，是瑰丽的文化遗产。阅读神话故事，不能只知道故事的情节，还要抓住人物的语言、动作、神态描写去品味内容，感受人物的内心世界，领略神话故事的丰富内涵。

作品中的人物形象

盘古——开辟了天地，身躯化作世间万物。他生前做出了开天辟地的伟大功绩，死后留给后人无穷无尽的宝藏，是中华儿女崇拜的英雄。

女娲——勤劳、聪慧、伟大的人类母亲。女娲不辞劳苦捏土造人，凭借聪明才智用藤条甩泥浆的方式塑造出各种各样的人类，并让那些人去繁衍后代，使得人类世世相传，生生不息。

神农——不顾自身安危，历尽千辛万苦，踏遍神州大地，亲尝百草，为百姓找到了充饥的五谷和治病救人的药草。他自觉担负起保护百姓的职责，为他人着想，助人为乐。

沉香——孝顺、意志坚定、学艺刻苦、不畏强暴。无论遇到多大的困难，他都没有动摇救母亲的决心。他认真学本事，善于寻求别人的帮助，面对强大的二郎神也不惧怕，越斗越勇，最终劈开华山莲花峰成功救出母亲，一家团圆。

嫦娥——既聪明又勇敢，面对卑劣的逢蒙，她吞下仙药，没有让逢蒙的阴谋得逞。她在吞药升天后，绝望地呼喊着后羿的名字，回望着人间，表现出她对后羿的深情和留恋。

经典章节赏析

盘古开天辟地

很久很久以前，天和地还没有分开，宇宙好像一个大鸡蛋一样，混沌一团。盘古就在这个“大鸡蛋”中悄悄地被孕育出来了。（把宇宙比作一个“大鸡蛋”，生动形象地写出了盘古开天辟地之前，天和地融为一体，宇宙就是一个大而圆的密闭空间的情况。）

盘古在“大鸡蛋”中慢慢地生长着，他沉睡着，发出呼呼的鼾声。一年，十年，一百年……转眼间一万八千年过去了。

有一天，盘古忽然睁开了眼睛，他觉得很奇怪：怎么四周一片漆黑，什么也看不见呢？

黑暗使他闷得发慌。他实在忍不住了，向旁边一抓，竟抓到一把大斧子。于是，他用尽全身的力气，狠狠地向前劈去，随着山崩地裂般的一声巨响，那个曾紧紧包裹着他、孕育了他的混沌的“大鸡蛋”被劈裂了。

这个“大鸡蛋”中比较轻的东西，缓缓地向上升，变成了天；那些比较重的东西，渐渐地沉下去，变成了地。天和地被分开后，盘古怕它们会再合拢，就用手撑着天，用脚踩着地，站在天地之间。

每天，天升高一丈，地加厚一丈，而盘古的身体也随之增高。

就这样，又过了一万八千年，天升得极高，地也变得极厚，盘古的身体也长得非常高大。

那么，盘古到底有多高呢？据说，他有九万里那么高。盘古成了巨人。他就像一根高大的柱子一样，撑在天和地的中间，不让它们重新合拢在一起。

（盘古开天辟地后，“像一根高大的柱子一样，撑在天和地的中间”，此处用比喻修辞刻画出一个创世之神顶天立地的伟大形象。）

不知又过去了多少年，盘古一直在孤独寂寞中辛苦地撑着天和地。后来，天和地终于被固定住了，而盘古也精疲力竭了。

终于有一天，“轰”的一声，盘古倒在了地上。盘古临死的时候，浑身发生了极大的变化：他口中呼出的一团团的气，变成了天上吹着的风和飘着的云；他最后发出的声音，变成了滚过天空的隆隆雷声；他的左眼变成了光芒万丈的太阳，右眼变成了皎洁的月亮；他的四肢五体变成了大地的四极和五方的名山；他的血液变成了江河；他的筋脉变成了大道；他的肌肉变成了田土；他的头发和胡须变成了天上的星星；他皮肤上的汗毛变成了花草树木；他的牙齿和骨骼则变成了埋藏在大地下面的闪光的金属、岩石；就连他身上的汗水也变成了无尽的雨露。（此处向我们交代了江河日月、花草树木、山川田野等的来历，震撼人心。）

尽管盘古死去了，但他没有忘记把自己的全

部留给他所开创的天和地。所以，后人称赞盘古是“垂死化身”，他用自己的整个身体装点这新诞生的世界，使它变得更加美丽。

赏析

盘古挥舞大斧开天辟地，并用自己的身体支撑在天与地之间。当天与地被固定后，他倒下了。虽然他倒下了，但他用自己的身体创造了新世界，装饰了新世界，让世界变得更加美丽。当我们看到当今世界的模样时，应该感激盘古对世界的爱与奉献。

第二章

阅读练习题

一、填空题

1. 后羿的妻子吃了________飞到了________上。

2. 在夸父倒下去的地方，他的手杖化为了一片________。

3. 愚公家门前有两座大山，一座叫________，一座叫________。

4. ________钻木取火，给人间带来光明和温暖。

5. 女娲收集了许多五色________，用天火将它们熔成了______________，来修补天上坏了的地方。

6. 传说每年________的夜晚，牛郎和织女会在________相会。

二、选择题

1. 中国神话故事中有一个武艺高强的英雄，是个神箭手，他的名字叫（　　）。

A. 后羿　　B. 夸父　　C. 盘古　　D. 炎帝

2. 炎帝手下有一员猛将叫（　　），后来被黄帝活捉了。

A. 共工　　B. 蚩尤　　C. 帝喾　　D. 刑天

3. 共工被人们奉为（　　）。

A. 火神　　B. 雷神　　C. 水神　　D. 灶神

4. 沉香的母亲是一位神仙，叫（　　）。

A. 采女　　B. 三圣公主　　C. 龙女　　D. 嫫母

5. 牛郎和织女相见的时候，（　　）帮他们搭桥。

A. 喜鹊　　B. 麻雀　　C. 黄莺　　D. 杜鹃

6. 沉香劈（　　）救母。

A. 华山　　B. 泰山　　C. 嵩山　　D. 黄山

三、判断题

1. 后羿一共射杀了十个太阳，拯救了万物。（　　）

2. 神农尝一棵草中毒之后，吃了一颗药丸解了毒。（　　）

3. 相传，伏羲和女娲原本是一对兄妹。（　　）

4. 刑天失去头颅后，把自己的两个乳头当作眼睛，把肚脐当作嘴巴，继续战斗。（　　）

5. 女娲用大象的四只脚做天柱，天再也没有塌下来。（　　）

四、简答题

1. 女娲是用什么方法治理洪水的？

2.《伏羲结网捕鱼》的故事说明了什么道理？

五、综合题

阅读下面的选文，并回答下列问题。

从这天起，沉香就在心里暗自发誓，要努力地学习本事，积蓄力量，一定要尽快救出母亲来。他打听到灵台山的霹雳大仙法力高强，便跋山涉水去灵台山拜师学艺。霹雳大仙起初不同意，他就日复一日地跟在霹雳大仙身后默默做事，让霹雳大仙看到自己的诚意。终于，霹雳大仙被他的诚意打动，收他为徒，教授他六韬三略、百般武艺、七十三变。学艺的道路无疑是极其辛苦的，沉香不知道流了多少血汗，受了多少苦痛，每当坚持不住时，他就看向巍巍群山，想着被压在山下受苦的母亲正在等待着他，就又积蓄起了无穷的能量。

就在这样坚持不懈的努力下，沉香终于在十六岁那年学成出师。在他离开之前，霹雳大仙更是指点他采集金刚砂石熔炼成一把神斧。神斧被抛到空中，就会变成一条张牙舞爪的神龙。有了神斧在手，沉香更加坚定了救出母亲的信心。他拜别师父，腾云驾雾来到华山，对着莲花峰大喊了三声娘亲，等喊到第三声时，已是满眼含泪。沉香的声音传到母亲耳朵里，也激起了她无限的爱子之心，她既想赶快见到日思夜想的儿子，又担心自己的哥哥不会放过沉香，心情真是极度复杂。

二郎神也发现了沉香的踪影，他警告沉香不要轻举妄动，他的母亲与凡人相恋，触犯了天条，这是应受的惩罚。沉香见这位本该是自己舅舅的人冷情冷意，视规矩比天大，气得抡起大斧与他战了起来。他们打得异常激烈，刀来斧往、上天入地、江翻海涌。朝霞仙子还特地去求了这方圆百里的其他神仙，告知了事情的经过。这些神仙被沉香的孝心所感动，又看着二郎神咄咄逼人的模样，心里亦是十分不忍，纷纷暗中相助沉香，于是沉香越战越勇，终于战胜了二郎神。

1. 选文出自神话故事《________》，故事的主人公是________。

2. 请用成语“张牙舞爪”造一个句子。

____

____

3. 你从沉香身上学到了什么？请简单谈一谈。（不少于 40 字）

____

____

____

参考答案

一、填空题

1. 仙药　月亮

2. 森林

3. 太行　王屋

4. 燧人氏

5. 奇石　胶状的液体

6. 七月初七　鹊桥上

二、选择题

1. A　2. B　3. C　4. B　5. A　6. A

三、判断题

1. ×　2. ×　3. √　4. √　5. ×

四、简答题

1. 女娲找来许许多多的芦苇，这些芦苇燃烧后变成了灰烬山。芦苇的灰烬有很强的吸水能力，女娲便用这芦苇的灰烬吸尽了滔滔的洪水。

2. 示例：遇到问题要开动脑筋，多观察，多思考，这样才能想到解决问题的好办法。

五、阅读题

1. 劈山救母　沉香

2. 示例：动物园里关着两只张牙舞爪的老虎。

3. 示例：我从沉香身上学到了做事要有毅力的道理。沉香跟霹雳大仙学本事，不知道流了多少血汗，受了多少苦难，但他从不放弃。在大仙的教导下，他一直苦练神功，并最终用金刚砂石熔炼成一把神斧，劈山救母。这种坚持不懈的精神深深打动了我。

阅读指导手册

YUEDU ZHIDAO SHOUCE

经典名著趣味读，阅读素养天天长

和文本的中心思想。要概括一段话的大意，我们可以先找到本段的关键词句，通过理解关键词句的意思来概括。如《稻草人》中有这样一段话：

> 稻草人非常尽责任。要是拿牛跟他比，牛比他懒怠多了，有时躺在地上，抬起头看天；要是拿狗跟他比，狗比他顽皮多了，有时到处乱跑，累得主人四外去找寻。他从来不嫌烦，像牛那样躺着看天；也从来不贪玩，像狗那样到处乱跑。他安安静静地看着田地，手里的扇子轻轻摇动，赶走那些飞来的小雀，他们是来吃新结的稻穗的。他不吃饭，也不睡觉，就是坐下歇一歇也不肯，总是直挺挺地站在那里。

这段话比较长，但只要找到关键句“稻草人非常尽责任”，我们就可以知道这段文字主要是说稻草人很有责任心。

2. 关注主要人物和事件，获得文本线索

小学生所阅读的书籍多数是由主人公和事件等要素组成的。找到书里的主要人物，弄清围绕主要人物发生了什么事情，通过整理这些内容，可以有方向、有目标地处理自己在阅读过程中获得的信息，摒弃掉不重要的描写，从而获得一条简洁、有条理的文本线索。

3. 把握文本主要内容，复述情节

在学会把握整本书的内容后，我们可以试着锻炼自己复述情节的能力。复述情节可以分为两个阶段。第一个阶段只需简要复述，将自己看过的书本的内容，经过信息整理后，用自己的语言把大致内容复述出来。第二个阶段要求创造性复述，要求学生结合自己的

理解复述内容。创造性复述情节的形式多样，可以口头叙述，可以改编成剧本并表演，可以写成演讲稿并组织演讲活动，等等。

4. 注意梳理信息，把握内容要点

在阅读过程中，我们可以尝试概括出所读内容的要点、框架和故事梗概，或者写出某一章节的提要和基本内容，这样有助于培养我们的概括能力和表达能力。

5. 对印象深刻的人物和情节进行交流

语文学习的目的是与人沟通交流，阅读也是如此。阅读所得也可以拿来与别人进行交流，如可以联系生活实际，对书本中印象深刻的人物和情节进行交流。交流形式可以选择座谈会、辩论赛等。

四 找出主旨和重点是阅读的关键

语文教材十分重视学生对人文主题的感悟，包括引导学生体会和感受课文中蕴含的情感、道理、品质精神、人生态度、价值观等，这是学生在学习中应该学会的一种能力，也就是了解文章的主旨和重点。但是比了解一篇文章的主旨和重点更重要的是要学会怎样去找出文章的主旨和重点。

1. 通过关键词句体会情感

如《灰尘的旅行》中《经济关系》一篇有这样的内容：

> 将来战事一旦结束，人类触目伤心，能不怪我的无情吗？在平时，我本有传染病的罪名；在战时，我又加上帮凶的暴行啊！他们要更加痛恨我了。

这段文字说明战争给细菌提供了传播机会，加快了细菌的传播速度，表达了作者对战争的厌恶之情，体现了一个科学家的人文关怀。

2. 抓住人物语言、动作等细节

如《中国神话故事》中《精卫填海》一文有这样一段描写：

> 精卫飞翔着，悲鸣着，离开大海，又飞回西山上，衔着石子儿和树枝飞往大海。她往返飞翔，从不休息，直到今天，她还在做着这件事。

作者通过描写精卫“离开”“又飞回”“往返飞翔”等动作和细节，有力地赞美了她顽强执着、锲而不舍的精神。

3. 抓住场景和环境描写

如《安徒生童话》中《卖火柴的小女孩》一文的环境描写：

> 当太阳升起的时候，已经不是那个悲伤的一年中的最后一夜了，这是新年的第一天，天气暖和起来了。大街上已经有一些人出来走动了。那个卖火柴的小女孩，穿着破破烂烂、光着小脚的小女孩，此时此刻面带微笑地坐在那个冰雪还没有融化的墙角。她的微笑已经被冻僵了，旧年的最后一夜，她在飘飘扬扬的鹅毛大雪中，被冻死在那两幢大房子之间的偏僻的墙角，她全身一片雪白，手上剩下的火柴也是白的。

作者用升起的太阳、新年第一天走动的人们、大房子与冻死的、穿得破破烂烂的小女孩做对比，这样的环境描写进一步强化了主题，表现出贫富差距过大是小女孩死亡的重要原因之一。

4. 结合文本特点

如在阅读科普文《灰尘的旅行》时，不仅要注意科普文的文学特质，还要注意它的说明特质，了解其中所蕴含的科学知识。作者在《土壤革命》一节中讲述了细菌化解死物，为土壤提供养分。在文章结尾，作者写道：

> 而今科学先生和人类大众，若只因一时的气愤，为了我的那些少数不良分子的蛮动，而诅咒我的灭亡，那真是冤屈了我在土壤里的苦心经营。

作者用第一人称的方式讲述关于细菌知识的同时，也告诉我们不要只看到细菌对人类的危害，也要看到它有益的一面，要用客观、科学的态度看待细菌，树立正确的科学观。

以上是我们讲的一些大致的阅读策略和方法，除此之外还有很多阅读方法，但是篇幅有限，不能穷尽，而且每个人的阅读水平、阅读目的不同，所采用的方法也会不同。这还需要同学们在阅读中逐渐摸索，不断钻研，在实践中运用自己所学到的阅读方法，并学会选择更适合自己的阅读方法，从而更有效率地阅读，提升综合运用的能力。

目录

扫码跟随“AI故事精灵”
叩开
童话秘境之门
AI故事
小精灵
24小时在线互动
解答你的疑惑
文化
奇妙屋
享受视听盛宴
让经典活起来
阅读
百宝箱
掌握阅读技巧
提升读写能力
灵感
魔法屋
AI故事改写
激发无限想象力

盘古开天辟地

很久很久以前，天和地还没有分开，宇宙好像一个大鸡蛋一样，混沌一团。盘古就在这个“大鸡蛋”中悄悄地被孕育出来了。

盘古在“大鸡蛋”中慢慢地生长着，他沉睡着，发出呼呼的鼾声。一年，十年，一百年……转眼间一万八千年过去了。

有一天，盘古忽然睁开了眼睛，他觉得很奇怪：怎么四周一片漆黑，什么也看不见呢？

黑暗使他闷得发慌。他实在忍不住了，向旁边一抓，竟抓到一把大斧子。于是，他用尽全身

追本溯源

盘古，又称浑屯氏，是中国古代传说中开天辟地创造人类世界的始祖。盘古开天辟地的故事，最早见于三国时期吴国徐整著的《三五历记》。

的力气，狠狠地向前劈去，随着山崩地裂般的一声巨响，那个曾紧紧包裹着他、孕育了他的混沌的“大鸡蛋”被劈裂了。

这个“大鸡蛋”中比较轻的东西，缓缓地向上升，变成了天；那些比较重的东西，渐渐地沉下去，变成了地。天和地被分开后，盘古怕它们会再合拢，就用手撑着天，用脚踩着地，站在天地之间。

每天，天升高一丈，地加厚一丈，而盘古的身体也随之增高。

就这样，又过了一万八千年，天升得极高，地也变得极厚，盘古的身体也长得非常高大。

那么，盘古到底有多高呢？据说，他有九万里那么高。盘古成了巨人。他就像一根高大的柱子一样，撑在天和地的中间，不让它们重新合拢在一起。

不知又过去了多少年，盘古一直在孤独寂寞中辛苦地撑着天和地。后来，天和地终于被固定住了，而盘古也精疲力竭了。

终于有一天，“轰”的一声，盘古倒在了地上。盘古临死的时候，浑身发生了极大的变化：他口中呼出的一团团的气，变成了天上吹着的风和飘着的云；他最后发出的声音，变成了滚过天空的隆隆雷声；他的左眼变成了光芒万丈的太阳，右眼变成了皎洁的月亮；他的四肢五体变成了大地的四极和五方的名山；他的血液变成了江河；他的筋脉变成了大道；他的肌肉变成了田土；他的头发和胡须变成了天上的星星；他皮肤上的汗毛变成了花草树木；他的牙齿和骨骼则变成了埋藏在大地下面的闪光的金属、岩石；就连他身上的汗水也变成了无尽的雨露。

尽管盘古死去了，但他没有忘记把自己的全部留给他所开创的天和地。所以，后人称赞盘古是“垂死化身”，他用自己的整个身体装点这新诞生的世界，使它变得更加美丽。

阅读与感悟

盘古用毕生的心血开天辟地，创造世界，为了让新诞生的世界变得更加美丽，甚至奉献了自己的身体。他对世界的爱与奉献，令人感动。

女娲造人

相传，女娲是华胥氏的女儿，是伏羲的妹妹。她是一位人首蛇身的女神。

在她出现的时候，大地上已经有了山川草木。女娲在世间游山玩水，每当她站在山巅，只能看见苍茫空阔的群山；每当她站在水边，只能看见浩荡无边的江水。不知为什么，女娲渐渐感到了世界的寂寞荒凉，她想：在这天地间，应该添一点儿什么东西，让它生气蓬勃才好哇！

女娲一边思量着，一边走到河边，抓起一把黄泥，在手里揉捏起来。慢慢地，这团黄泥有了形状；再揉一揉，又捏出了身体四肢、五官七窍。这团黄泥变得活灵活现、栩栩如生，跟女娲的

追本溯源

女娲的传说，较早出现在《山海经·大荒西经》和《楚辞·天问》中。

样子差不多。

女娲举起这个黄泥小人儿，左看看，右看看，满意地笑了。她把黄泥小人儿放到地上。想不到，这个小人儿一落地，就活了过来，咿咿呀呀地叫着，欢喜地跳着。

这可太有趣了！

抟土造人让女娲心中充满巨大的欢乐和成就感，她再也不觉得寂寞了。她兴致勃勃地继续捏起黄泥来：一个、两个、三个……越来越多的小人儿从女娲的手中诞生了，他们围绕着女娲跳着叫着，欢喜的笑声回荡在天地之间。

渐渐地，女娲觉得有点儿累了。她虽然捏了不少黄泥小人儿，可是世界这么大，需要更多的黄泥小人儿，才不会显得空旷。女娲想：有没有更简便的造人方法呢？

她灵机一动，去山崖壁上扯下一根藤条，在泥水里搅动起来。很快，藤条上裹满了泥浆。女娲把藤条往空中一挥，泥点像下雨一样“啪啪啪”地落在地上，一转眼，就变成了一群跑着、跳着、欢笑着的小人儿。

女娲不停地挥动着藤条，不久，大地上就布满了人类的踪迹。因为挥动藤条时甩出的泥点不尽相同，所以造出来的人都不一样：有高的，有矮的；有胖的，有瘦的……

人类在天地间无忧无虑地生活着。女娲看着他们，又开始思考新的问题：造出的人会衰老，会死亡，而自己也不可能一直不停地造出新人。怎么才能让他们一代代生存下去呢？女娲又想了一个办法，就是把那些小人儿分为男女，让他们去繁衍后代，担负起养育儿女的责任。就这样，在女娲的帮助下，人类在大地上繁衍生息，一代代延续下来了。

阅读与感悟

女娲克服了困难，想了一些办法，造了各种不同的人。因为现实中的人各不相同，世界才变得如此丰富多彩。

海上仙山

传说在渤海东面有一个名为“归墟”的无底谷，为万海归处，其间漂浮着五座仙山，分别叫岱舆、员峤、方壶、瀛洲和蓬莱，它们是神仙们居住和娱乐的场所。由于五座仙山都没有根，潮汐一起，仙山就随着海浪漂来漂去。

神仙们想改变这种情况，便去请天帝想办法。天帝让北海海神禺强派出十五只巨大的神龟去驮仙山，每三只神龟驮一座仙山。这样仙山就稳稳当当的了。从此，神仙们便过着平平安安的幸福生活。不料，这种生活却在某一年被一个龙伯国人给搅乱了，神仙们因此遭受了一场巨大的灾难。

龙伯国是一个大人国，位于昆仑山以北不知几万里的地方。由于那里的人身材特别高大，而且是龙的后裔，所以他们被称作“龙伯”。这个国家有一个人，因为闲着无事，便想找些事做，好消遣日子。于是他拿了一根钓鱼竿，到东方

大洋边去钓鱼。很快，他就来到了这五座仙山，没走多久，他就把五座仙山都游遍了。

游遍了各个地方之后，他便把鱼钩放进了海里。

不一会儿，他竟接二连三地钓上来六只龟。他也不管三七二十一，就把它们背回了龙伯国。

就这样，驮着岱舆、员峤的神龟都被钓走了。大风一来，两座仙山被吹得东游西荡，最后顺水漂流到北极，沉入了大海。两座仙山上的神仙只好逃到别的地方。

现在，五座仙山只剩下蓬莱、方壶和瀛洲三座了。天帝知道这件事后，大发雷霆，狠狠处罚了龙伯国的人。他们从此再也不敢闯祸了。

不过，这次灾难倒使海上仙山有了名气。生活在陆地上的人都知道了在大海上有三座美丽而又神秘的仙山，大家都想去那里走一走，看一看，长些见识。确实也真有人到过那里，他们都是些在海上捕鱼的渔夫。当海上偶尔刮起大风，小船任凭大风吹送，就会来到仙山边。神仙们会非常热情地招待这些远方来的客人，让他们快快乐乐地过上几日，再把他们送回家去。

于是，人间就广泛流传起关于仙山的故事。比如，有的人说，仙山上到处都长有使人长生不老的仙果，人只要吃一点儿，就可以永远活在世上。

这些传说一传十，十传百，一直传到了人间君王的耳朵里。享尽了人间欢乐的君王听说海上的仙山上有长生不老的仙药，便不惜钱财，做好一切准备，要乘坐大船去仙山求药。

齐国的齐威王、齐宣王，燕国的燕昭王，秦朝的秦始皇，汉代的汉武帝……他们都曾派人寻找过这长生不老的仙药，但最终都一无所获。

阅读与感悟

身材高大的龙伯国人钓走了驮着岱舆、员峤两座仙山的神龟，扰乱了神仙们平静的生活。他虽然是无意间闯了祸，但还是受到了天帝的严厉惩罚。这都是因为他不弄清情况就任意而为，不仅让别人损失了重要的东西，自己也受到了惩罚。

对于文中提到的长生不老的仙药，我们要深刻认识到这只是神话传说中的东西，现实中是不可能存在的。

天女散花

盘古开天辟地以后，叫他的大儿子管天上事，人称玉皇大帝；叫他的女儿管百花，人称花神。

这几天玉皇大帝的心情不是很好，这完全是那些地仙惹的祸。原来，地仙一到天宫就不想再回到人间，因为他们喜欢天上的仙花，这是在人间看不到的。他们结伴在仙花丛中嬉戏、喝酒，有的地仙还偷摘仙花藏在袖中。虽说仙花可以长开不败，但摘了又要等上千年才能再开。玉皇大帝不想责怪他们，但是又不忍心看到妹妹花神的劳动结晶被他们破坏，于是他找妹妹花神诉苦。

花神听完，笑着劝慰道：“哥哥不必烦恼，地仙之所以不愿回到人间，是因为他们对仙花无比留恋。他们偷采仙花是因为人间没有此物，而他们又十分喜爱。还是让我送他们一些花种吧，这样人间也会开满仙花的。”

玉皇大帝说："是可以送一些花种给他们，可仙花要开一千年才谢，结出果子也要一千年时间，落花籽儿还需一千年。他们得到花种，需要三千年。花种种下地，需要一千年发芽，一千年生根，还需一千年生长，这样才能开花。只怕到时人间就是有花，也没人能赏花了。"

花神觉得哥哥的话很有道理，就不再说话，低着头在花间走来走去，思考如何解决这一难题。不一会儿，她很有信心地对玉皇大帝说："哥哥放心，我一定想办法种出一年之内就能盛开的花。"

花神辞别了玉皇大帝，拨开云雾，开始在大地上仔细寻找，突然一个深不可测的地陷出现在她的视野里。原来这就是当年盘古倒地的地方。花神在这里仔细地找哇找，她在寻找能变成花草的盘古的汗毛。盘古的汗毛有的已变成了草木，有的被花神带到了天宫，早就变成了仙花。现在花神想找到遗留的汗毛，可不太容易。不过，通过努力，花神还是找到了一百根汗毛。

"听说西方净土山上的土可以使种子快速发芽，不管西方的风沙多大，我都要把土取回来。"说完，花神向西方飞去。她飞呀，飞呀，飞行了三万三千三百三十三里，终于到达了净土山。花神挑了满满两担土回到了地陷处。过了四十五天，汗毛开始生根发芽了。

“听说东方有个真水潭，用潭里的水浇花，花苗可以飞快地生长。不管东方的暴风雨多猛烈，我都要把潭水取回来。”说完，花神向东飞去。她飞呀，飞呀，飞了足足六万六千六百六十六里，终于来到了真水潭。花神装了满满两瓶潭水回到了地陷处。花苗浇了真水潭里的水后，仅仅过了三十六天就长得枝繁叶茂了。

“听说南方有个善水湖，用善水湖里的水浇过的花枝，花骨朵儿很快就能冒出。就算南方的太阳再毒辣，也阻止不了我前行。”于是，花神又挥动衣袖，向南飞去。她飞呀，飞呀，飞了足足九万九千九百九十九里，终于飞到了善水湖。花神装了两罐善水回到了地陷处。浇了善水的花枝，仅过了二十七天就冒出了美丽的花骨朵儿。

“听说北方有个美水海，用美水海里的水浇花，艳丽的花可以很快开出。就算北方的冰雹再严酷，也休想冻结我的热情。”花神再次鼓舞精神，向北飞去。她飞呀，飞呀，飞了十万八千里，终于来到了美水海。花神装了两大坛美水回到了地陷处。花骨朵儿饱吸美水后，只用了短短的十八天就绽放了。

最终，盘古的一百根汗毛长成了一百种花，开出了一百种不同的姿态。“真美呀！”“真香啊！”看到这些美丽的花，花神发出了无比幸福的感慨。“等到明年，人间就会变成美丽的花园了。”花神兴奋地想，但一转念，她又想，“为什么人间要等到明年才有花呢？今年我就要让它们在人间开花。”想到这里，花神立刻挥袖飞回了天宫。

玉皇大帝听了花神的讲述，高兴地说：“太好了！我马上派一百位仙女跟你去采花，然后让她们把花撒向人间。”

这是一个风和日丽的日子，轻柔的音乐飘荡在碧蓝的天空中。一百位美貌无比的仙女在天空飞舞，她们衣袖飘飘，优美地挥舞着手臂，轻轻地把朵朵鲜花撒向人间。“天女散花喽，天女散花喽！”早从地仙处得知消息的人们跳着，喊着。

美丽的花飘向了山，飘向了水；落入了豪门宅院，也落入了寻常百姓家；繁华喧闹处有，荒凉清幽处也有。花飘落到了人间的每一个角落，从此，人间也有了各色各样的花。

阅读与感悟

花神为了能让人间开满鲜花，不辞辛苦，辛勤培育了一百种花。看来，就算是神仙，要取得成功，也要付出辛勤的努力，我们又有什么理由偷懒呢！

百鸟之王

中国古代神话传说中有很多能人异士，他们能够和万物沟通，也能在天地之间随意畅游。这其中，有一位西方天帝名叫少昊，他天生拥有超凡本领，能统御世间鸟类，是百鸟之王。

少昊能有如此神力，和他的父母有很大的关系。他的母亲是仙女皇娥，父亲是太白金星。皇娥原本居住在天上的璇宫，负责织造的工作。当她还是一个少女的时候，非常活泼好动，经常乘坐木筏自由自在地在银河中游玩。

有一次，皇娥乘坐着木筏到处漂流，不知不觉就到了一棵穷桑树下。穷桑树是上古神树，外形好似人间的桑树，但高达万丈，枝叶密布在天地之间。它的叶子红彤彤的，结的果子就像是发着紫色光芒的水晶桑葚。传说它一万年才会结一次果，吃过了它的果子就可以寿与天齐。

皇娥看到如此高大雄伟的穷桑树，感到很好奇，就在树下坐下来乘凉休息。忽然，一个仙人从远处向她走来。

这个仙人容颜绝世，风度翩翩，浑身散发着耀眼的光芒。他彬彬有礼地上前向皇娥行礼问好，自称是白帝的儿子，早晨在东方看到的闪闪发光的启明星就是他，所以人们都叫他太白金星。

皇娥与太白金星相谈甚欢，两个人一起在岸边弹琴唱歌，在穷桑树下随风起舞，开心得都忘记了回家。

二人心意相通，不久之后就结为夫妻，生下了一个儿子，取名为少昊。因为父母是在穷桑树下相识相爱的，为了纪念这段被穷桑树见证的爱情，少昊又被称为“穷桑氏”。

少昊出生的时候，天地就出现了吉祥的异象。有五只凤凰从五方飞来，它们的颜色各异，分别是红、黄、青、白、玄色。五色的凤凰落在了少昊家的院子里，高声鸣叫庆贺这位百鸟之王的诞生，所以少昊也被称为“凤鸟氏”。

少昊天赋异禀，在父母的精心培养之下，从小

就显露出了非凡的本领。长大之后，他就在东海之滨建立了自己的国家，而且还创建了一套前所未有的国家制度。

在少昊的国家里，百鸟齐聚。凤凰是所有鸟儿的统领，燕子、伯劳、鹦雀、锦鸡分别管理四季。

作为百鸟之王，少昊熟知各种鸟儿的脾气秉性，他也根据鸟儿不同的禀赋为他们安排了各自的职位。鹁鸪非常孝敬父母，具有“孝”的美德，所以少昊就委派它掌管教育，用美好的品德来教化大家；鹫性情猛悍，打仗的时候很勇猛，少昊就让它掌管军事；布谷鸟懂得大自然之中的构造之术，少昊就让它掌管建筑营造，为鸟儿们筑巢建窝；鹰很威严，遇事能够秉公直断，少昊就让它掌管法律和刑罚；斑鸠活泼善辩，非常懂得讲话的艺术，少昊就让它掌管言论。

除此之外，这个国度的农桑耕种和收获由九种扈鸟掌管，木工、漆工、陶工、染工、皮工这五个工种由五种野鸡掌管。在少昊的国度里，每种鸟儿都可以发挥自己的才能，找到自己的位置，各司其职，可谓“鸟尽其才”，所以大家

每天都很高兴。

每当少昊要召开大会的时候，百鸟齐聚一堂，真是一派吉祥又热闹的场景。鸟儿们叽叽喳喳地讨论着国事，少昊就端坐在朝堂中央，或论功行赏，或论罪处罚，各种事务都处理得井井有条。

处理完朝政，百鸟便用最动听的歌声歌颂少昊的慈爱与德政，表达对少昊智慧的钦佩。这样的鸟之国度真是令人羡慕哇！

阅读与感悟

每个人都有自己独特的天赋，只要努力，就会有一番成就。少昊能够管理百鸟，让它们各司其职，所以，少昊也被称为“百鸟之王”。鸟王国开会的时候，百鸟齐鸣，一定很动听吧！

共工怒触不周山

女娲抟土创造了人类以后，人类在大地上繁衍生息，族群不断壮大，逐渐组成了不同的部族。各个部族生活在不同的区域，彼此相安无事，过着平静快乐的生活。

有一天，大地上忽然爆发了一场可怕的战争。争战双方分别是身为黄帝后裔的天帝颛顼和身为炎帝后裔的水神共工，他们都拥有不凡的神力，各自率领兵士展开了惊天动地的厮杀。

水神共工长着人类的脸，身体却是一条蛇，总是披散着一头红色的长发，性情非常暴烈。虽然大地上绝大部分水域都归水神共工统治，但他却并不满足，一心想夺取天帝颛顼的宝座。这场战争也因此而起。

不甘于被颛顼统治的共工处心积虑地培养了两员得力大将，一个叫浮游，另一个叫相柳。相柳长着和共工一样怪异的相貌，也是人首蛇身，但他遍体都是青色，还长着九颗能够同时吃东西的脑袋。此外，共工还有一个儿子，他虽然没什么本事，却有着和父亲一样的野心。

共工和心腹们经过一番密谋之后，就率领大军向颛顼发动了突然袭击。但颛顼对共工的野心早有察觉，所以提前做好了迎战准备。

这场战争异常激烈，共工和颛顼都投入了全部的兵力，实力相当，因而久战却难分胜负。他们从天上打到了地上，一直打到了大地西方的不周山下。

追本溯源

共工怒触不周山的故事有多个版本，《淮南子·天文训》中写道：“昔者，共工与颛顼争为帝，怒而触不周之山……”而司马贞补《三皇本纪》中记载，水神共工造反，与火神祝融交战时被打败，从而怒触不周山。

共工用自己的神力掀起了滔天巨浪，企图将颛顼的部队全部淹没。颛顼利用火焰来回击，抵挡住了共工的进攻。

颛顼的神火烧死了共工的得力战将相柳。另一个战将浮游也无法抵挡火焰，被烧得焦头烂额，他一路奔逃，终于逃出了颛顼设置的火圈。逃到淮水的时候，剧痛难忍的浮游一头就扎进水中。但水已无法挽救他，浮游最终因伤势过重而死。

这场战争经历了无数死伤之后终于走向尾声，以共工的失败而告终。

共工看到自己精心打造的部队损失惨重，人马死伤无数，亲信所剩无几，而颛顼的军队士气大盛。发现自己大势已去，原本就性情暴躁的他顿时急火攻心，一头就撞向了不周山。霎时间，只听一声震天巨响，不周山被共工拦腰撞断。不周山原本是大地西北方向支撑天的一根柱子，这根撑

天柱被共工撞断，天地之间发生了巨变。

由于西北方失去了不周山的支撑，天空便顿时倾斜下来。原本悬挂在天空的太阳、月亮和星星都失去了平衡，纷纷向西边滑落，宇宙也从此变了样。

不周山轰然倒塌，不仅改变了天空，还引起了强烈的地震，大地的东南部分陷落。于是，大地上的江河总是日夜不息地向东南方向流淌，汇聚成了海洋。

从此，世界有了新的秩序，日月星辰日复一日地从东方升起，在西方落下。气温变化也形成了循环往复的春、夏、秋、冬四季。大地上，江河中的水都向东南流，大海汇集了大地上的水流，变得越来越宽阔浩荡。

其实，在共工撞断那座山的时候，它并没有名字。只是因为这座山被他撞断后，山的形体缺失，所以才给它取名为“不周”的。

阅读与感悟

共工一气之下撞断了不周山，世界上出现了日月星辰东升西落的景象，江河开始向东南流淌汇聚成海。虽然这些是神话传说，但由此我们也可以看出宇宙万物变化的奇妙。

女娲补天

水神共工撞断了撑天柱，天塌了一角，这使人类遭受了巨大的灾难。女娲万分震惊。她看到自己辛辛苦苦创造出来的人类正经受着苦难，心中难过极了。为了拯救人类，使他们脱离苦难，她决心补好苍天，哪怕要历尽千辛万苦。

要补好苍天，并不那么容易，这是一个浩大而又繁重的工程。可是作为人类慈爱的母亲，女娲为了让心爱的孩子们过上幸福的生活，她不畏惧艰难和辛劳，积极地承担起了补天的重任。

补天需要先炼石。女娲先从各条大江和大河里收集了许多五色奇石。然后，她燃起熊熊的天火，将五色奇石放在天火上烧炼。一天，两

天，三天……熊熊的天火将五色奇石炼成了胶状的液体。女娲攀上高耸的山，用这些液体做黏合剂，认认真真、仔仔细细地将苍天上一个个坏了的地方重新修补好。多么艰苦的工作呀！一不留神，漏了的天渗出了冷水，刚补好的地方又裂开了。女娲不辞辛苦地工作着。终于有一天，苍天被补好了。

怎样才能使修补好的苍天更加牢固呢？女娲又想出了一个办法。她抓来一只巨大无比的乌龟，砍下乌龟的四只脚，用这四只脚做天柱，把它们立在大地的四方，将人类头顶上的天空撑了起来。这乌龟脚真是一种十分独特而又特别结实的"柱子"，有了它们的支撑，天再也没有塌下来。

在共工撞塌不周山、人类遭受不幸的时候，有一条作恶多端的黑龙也趁火打劫。它在冀州兴风作浪，唤来滚滚的洪水淹没房屋、庄稼，还张开血盆大口吞噬人类。女娲怎能容忍这条

恶龙残害自己的子女呢？于是她又不辞辛苦地赶到冀州，与那条恶龙作战。经过三天三夜的奋战，女娲终于杀死了那条恶龙。跟随恶龙残害人类的各种野兽，一看恶龙被女娲杀死了，都纷纷逃走，再也不敢出来残害人类了。

补好了天，杀死了恶龙，女娲又开始治理洪水。她找来许许多多的芦苇，把它们堆得像小山一样。芦苇越堆越多，最后连成了漫无边际的一大片。然后，女娲把这些芦苇点燃，大火熊熊，火光冲天。大火过后，芦苇山变成了灰烬山。芦苇的灰烬有很强的吸水能力，不久，滔滔的洪水便被吸尽了。

阅读与感悟

女娲是一位了不起的母亲，她给了人类生命，又不辞辛苦地炼石补天，帮助人们渡过了难关。女娲的善良和正义令人感动，我们也要尽全力去帮助别人。

对于文中女娲用乌龟的脚做天柱的内容，我们要深刻认识到这只是神话传说中的情节，现实中是不可能存在的。

炎帝的传说

炎帝生长在姜水附近，传说他的样子与众不同：头上长着两只弯弯的角，皮肤几乎是透明的。在他出生的那天，他的出生地周围一下子冒出了九眼甘甜的泉水。如果汲取其中一眼泉水，其他八眼泉水也会跟着涌动不停。

炎帝从小就善于用火，还会借助风势控制火焰的大小和燃烧时间的长短。因此族人们认为他是一位掌控火焰的太阳神。时光飞逝，炎帝很快长大成人。他身体健壮，聪慧勇敢，很快就得到了族人们的信仰和爱戴，大家推举他为部落领袖，尊称他为“炎帝”。

那时的人们以采集果实、捕鱼打猎为生。一天，炎帝看到猎人们打猎归来，一个个垂头丧气。

“唉，今天什么也没打到，只能挨饿了！”

“如果像十天前那次，一下子打到两只野猪，该有多好！”

“可是上次打的那么多野猪肉吃不完，都坏掉了。”

“是不是附近的野兽都被打光了呢？”

族人们七嘴八舌地说着。

炎帝站在一旁，默默地听着族人们的议论。他暗自想着：“我们能不能得到食物，完全是个未知数。这种饥一顿饱一顿的生活，怎样才能得到改善呢？”

炎帝一时没有什么头绪，便带领族人们出发，想迁徙到一个新的、有更多食物的地方去。

他们跋山涉水，一边走一边找。就在他们精疲力尽的时候，突然看见天际飞来一只身披红霞的神鸟。只见它衔着一株有九支穗的禾苗，在飞到他们头顶时，一粒粒金色谷粒像一阵金雨撒落在大地上。这些谷子落在地上，转眼就生根发芽，长出了嫩绿的禾苗，又飞快地结出了饱满丰硕的谷穗。

炎帝眼前一亮：“这不就有吃不完的粮食了吗？”

部落在这附近定居了下来。炎帝教会人们如何播种耕作，如何考察地势的高低，以及如何种植不同的谷物。他还发明了农耕工具耒耜，让大家更轻松地翻动土地。从此，人们过上了农耕生活，日子愈加安定了，有些人甚至有了剩余的物品。

耕作的农人种出了许多粮食，多余的粮食吃不完；打猎的猎人打回了许多猎物，多余的肉类吃不完；精于制造的工匠做出了许多工具，却没有时间去获取食物。

炎帝发现，农人多余的东西，可能是猎人缺少的；猎人多余的东西，可能又是工匠缺少的。于是，他又想出了一个办法。

他对族人们说："你们每天有时间的话，可以聚在河边那棵最高的大树下，带着多余的东西，来互相交换。交换要有固定的时间：当太阳在头顶时就交易；过了这个时间就散市。"

族人们听了，都觉得这是个好主意。于是，有的人用五谷换来了兽皮，有的人用珍珠换来了石斧……这个物物交换的地方，就叫作市场。

就这样，因为炎帝，人们过上了丰衣足食、和平稳定的生活。

阅读与感悟

炎帝是一位极有作为的部落联盟首领，他和大家一起劳作，想出各种办法帮助人们。由于他高尚的品德与奉献精神，炎帝获得了世人的尊敬和爱戴。我们都要以他为榜样，尽自己最大的努力，为人类做更多的贡献。

神农尝百草

古时候，药草和百花长在一起，哪些可以治病，哪些不可以治病，谁也分不清。谁要是生疮害病，无医无药的，只能饱受折磨。

老百姓的疾苦，神农（即神农氏，一说为炎帝）瞧在眼里，痛在心头。怎样为百姓治病？神农苦思冥想了很久，终于想出一个办法。

他带领一批臣民，个个拿着神鞭，从家乡出发，向西北大山走去。他们走哇，走哇，腿走肿了，脚起茧了，还是不停地走。

整整走了七七四十九天，他们来到一个地方。只见这里高山一峰接一峰，峡谷一个连一个，山上长满奇花异草，他们大老远就闻到了香气。神农他们正准备往山上走，突然从峡谷中蹿出来一群虎、豹、蟒蛇，把他们团团围住。神农马上让臣民们挥舞神鞭，向野兽们打去。打走一批，又拥上来一批，他们一直打了七天七夜，才把野兽都赶跑了。那些虎、豹、蟒蛇身上被神鞭抽出一条条伤痕，后来这些伤痕变成了野兽身上的斑纹。

臣民们说这里太险恶，劝神农回去。神农摇摇头说："不能回！百姓病了没药医，我们怎么能回去呢！"说着，他领头进了峡谷，来到一座大山下。

这山半截插在云彩里，四面是刀切崖，崖上挂着瀑布，长着青苔，十分光滑。

看来，没有登天的梯子，这山是上不去的。臣民们又劝他趁早回去算了。神农摇摇头说："不能回！百姓病了没药医，我们怎么能回去呢！"

他站在一座小石山上，对着高山，上望望，下看看，左瞅瞅，右瞄瞄。

正在想办法的时候，他看见几只金丝猴顺着高悬的古藤和横倒在崖腰的朽木爬过来。神农灵机一动，有了！他当下把臣民们喊来，叫他们砍树木，割藤条，靠着山崖搭成架子，一天搭一层。

他们从春天搭到夏天，从秋天搭到冬天，不管是刮风下雨，还是飞雪结冰，从来不停工。他们搭了近一年，搭了三百六十层，才搭到山顶。

神农带着臣民们攀登木架，上到山顶。嘿！山上真是花草的世界，红的、绿的、白的、黄的……绚丽多彩，密密丛丛。神农欢喜极了，他亲自采摘花草，放到嘴里品尝。

为了在这里给老百姓找能吃的植物和能治病的药草，神农叫臣民们在山上栽了几排冷杉，当作城墙防野兽，他们则在“城墙”内盖茅屋居住。

白天，神农领着臣民们尝草；晚上，他叫臣民们生起篝火，他就着火光把尝草的体验详细记载下来。哪些草是甜的，哪些草是苦的；哪些性热，哪些性寒；哪些能充饥，哪些能医病……他都写得清清楚楚。

有一次，他把一棵草放到嘴里一尝，霎时觉得天旋地转，一头栽倒在地。臣民们慌忙扶他坐起来，他明白自己中了毒。此时，他已经不能说话了。他只能用最后一点儿力气，指指面前的一朵灵芝，又指指自己的嘴巴。臣民们慌忙把那朵灵芝喂到他嘴里。神农吃了灵芝后，毒解了，头不晕了，也能说话了。

从此，人们都说灵芝能起死回生。臣民们担心神农这样尝草太危险了，都劝他下山回家。他又摇摇头说：“不能回！百姓病了没药医，我们怎么能回去呢！”说罢，他又接着尝草。

神农尝了无数种草，为百姓找到了可以充饥的五谷和医病用的药草，为人类做出了重大贡献。

阅读与感悟

神农不顾自身安危，历尽艰辛，尝遍百草，为百姓找到了可以充饥的五谷和医病用的药草。他这种舍己为人的奉献精神感动和激励着后人。我们要向他学习，为他人着想，助人为乐。

对于文中灵芝能起死回生的内容，我们要深刻认识到这只是神话传说中的提法。现实中，灵芝只是一味药材，并无起死回生的功效。

黄帝战蚩尤

黄帝部落日渐兴盛，而炎帝部落日渐衰退。炎帝为了扩大势力范围，经常攻打一些弱小部落。很多小部落都投靠黄帝部落，寻求庇护。炎帝愤愤不平，于是向黄帝下了战书。

黄帝历经数次战役终于打败了炎帝，可是炎帝的部下蚩尤不甘心向黄帝称臣，并与黄帝争权。

蚩尤有八十一个兄弟，个个像能说话的野兽一样，吃石头、铁块，有着铜头铁臂和刀刃般的毛发，凶猛异常。自从炎帝败给黄帝以后，蚩尤天天想着一雪前耻。有一天，蚩尤在庐山脚下偶然发现了许多铜矿，于是他便把这些铜收集起来，做成了剑、戟、矛等兵器，再加上他那八十一个兄弟的鼎力支持，蚩尤实力大增。另外，蚩尤还请到了风伯、雨师来助阵。于是，蚩尤向黄帝发出战书，准备和黄帝一比高下。

黄帝是个爱民如子的好首领，不愿意打仗。他劝说蚩尤要与自己和平相处，但是蚩尤不听劝告，执意要一比高低。黄帝无奈地摇摇头，说道:“我要是战败了，老百姓可就要受蚩尤的残暴统治了。如果我再不应战，无异于养虎为患哪！为了正义，我只有出战了。”于是黄帝亲自率领众多大将，与蚩尤对阵。

黄帝首先派应龙出战。

应龙受命后，“嗖”的一声飞上天，从口中喷出了大量的水。瞬间，大水向蚩尤汹涌而去。蚩尤忙命风伯、雨师出战。只见风伯刮起漫天狂风，把水刮回到黄帝那里；雨师顷

刻间把洪水收集起来，也投到黄帝那里。瞬间，狂风暴雨向黄帝打去。应龙只会喷水，不会收水，结果，黄帝大败而归。

经过这次失败，黄帝准备重整旗鼓与蚩尤再战。

对阵之时，黄帝一马当先，领兵冲入蚩尤阵中。蚩尤施展法术，喷烟吐雾，使黄帝的军队迷失了方向，阵脚大乱。于是，黄帝命谋臣风后制作了指南车，这样，他们就认定了一个方向。黄帝就这样带领军队冲出了重围，化险为夷。

这样一来二去，黄帝和蚩尤打了七十一仗，败多胜少，黄帝只好暂时休战。

这一天，黄帝闷闷不乐，苦苦思索打败蚩尤的办法，不知不觉昏然睡去。梦中，他见九天玄女交给他一部兵书，说："你把兵书带回去，熟记在心，战必克敌！"黄帝醒后，发现手中果真有一本兵书。他打开一看，只见上面有一些象形

文字。黄帝顿时领悟，于是按照玄女兵法设九阵，置八门，阵内布置三奇六仪，制阴阳二遁，演习变化，成为“天一遁甲”阵。黄帝演练熟悉，重新率兵与蚩尤决战。为了振奋军威，黄帝决定用军鼓来鼓舞士气。他从东海中的流波山中捉来了一头猛兽“夔（kuí）”，又从雷泽捉来了雷兽。

黄帝派人用夔的皮做鼓面，用雷兽的骨头做鼓槌，制成了一面大鼓。

传说，这夔皮鼓一敲，能震响五百里，连敲几下，能连震三千八百里。黄帝又用牛皮做了八十面鼓，使得军威大振。为了彻底打败蚩尤，黄帝特意召来女魃助战。女魃是个旱神，会收云息雨。接下来，两军对阵，黄帝早早摆好了阵势，把蚩尤军队引诱到阵中。夔皮鼓和八十面牛皮鼓一响，

天地为之震动。黄帝的士兵听后士气激增，勇猛杀敌。

蚩尤的士兵听后，魂飞魄散，弃兵卸甲。蚩尤眼看自己即将战败，便和他的八十一个兄弟施起神威，凶悍勇猛地冲杀上去。两军杀得山摇地动，难解难分。

黄帝见蚩尤确实不好对付，就令应龙喷水。应龙张开巨口，江河般的水流从上至下喷射而出，蚩尤没有防备，被冲了个人仰马翻。他也急令风伯、雨师掀起狂风暴雨，向黄帝阵中打去。只见地面上洪水暴涨，波浪滔天，情况很是危急。这时，女魃上阵了。她施起神威，霎时间从她身上发出滚滚热浪，她走到哪里，哪里就风停雨消，烈日当头。风伯和雨师无计可施，慌忙逃走了。黄帝乘机率军追上前去，大杀一阵，蚩尤大败而逃。

蚩尤铜头铁臂，能飞檐走壁，令黄帝无可奈何。这时黄

帝灵感突现，命人把夔皮鼓对准蚩尤使劲连擂九下。蚩尤听到如打雷一般的声音，顿时魂飞魄散，束手就擒。

黄帝命人把蚩尤活捉后，铐上枷锁杀掉。由于害怕他死后作怪，黄帝便命人把他的身体和头埋在了不同的地方。确定蚩尤已死后，黄帝才命人把铐他的枷锁取下丢弃到荒山野岭，枷锁丢弃之处瞬间长出一片枫树林。

阅读与感悟

蚩尤凶悍勇猛，心里只想着自己的荣誉，而黄帝则是为了天下苍生而战。正所谓“得道者多助，失道者寡助”，黄帝在九天玄女、应龙等的帮助下，最终战胜了蚩尤。

对于黄帝制作大鼓的事情以及对死了的蚩尤的做法，我们要深刻认识到这只是神话传说中的情节。

刑天战黄帝

刑天是一个力大无比、勇猛善战的巨人。他本是炎帝的臣子，黄帝打败了炎帝，又剿灭了蚩尤之后，天下的部落都臣服于黄帝，只有刑天不肯屈服，一心想要与黄帝争个高下。

于是，他带上自己的青铜方盾和板斧，从南方一直冲向中央的天庭。一路上威风凛凛，过关斩将，势如破竹，直杀到黄帝的宫门外。

黄帝听说过刑天的勇猛，并不想与他为敌，便对他说：“刑天，如今天下已经安定，你又何必与我再起干戈呢？”

刑天却大声斥责：“黄帝，我绝不会臣服于你！我要对你宣战！”

黄帝气得须发倒竖。他身经百战，早已拥有了训练有素的强大军队。此外，他还训练教导了各种猛兽帮他作战，制作了五种旌旗，以及钲、钹、鼓、箫等器具提振军威。他一挥手，召集了军队。一时间，旌旗猎猎，锣鼓喧天，黄帝的大军与刑天战在一起。

黄帝亲自与刑天对战。他们腾云驾雾，从清晨杀到傍晚，又从天庭杀到凡间，一路杀去，直杀到西方常羊山的附近。杀得天昏地暗、飞沙走石。在黄帝及其军队的攻杀下，刑天竟然越战越勇，一腔怒火在胸中燃烧，每一斧头下去，都是山崩地裂，烟尘漫天。

三天三夜过去了，这场你死我活的战斗竟没有分出胜负。

黄帝心中暗想："这刑天真是武艺高强，如果再这样杀下去，恐怕对我不利。"想到这里，他一声呼唤，召来了他的手下应龙。应龙是一条神龙，具有龙吟的神奇本领，曾在黄帝与蚩尤的大战中立下大功。

应龙拍打着翅膀，在天空中遨游，兴云吐雾，布雨行雷，发出阵阵震动天地的龙吟。刑天被应龙的出现扰乱了心神，冷不防被黄帝瞅了个空，只见寒光一闪，黄帝砍下了刑天的头颅。

刑天转过失去头颅的身躯，对着黄帝。他把自己的两个乳头当作眼睛，把肚脐当作嘴巴，一手高高举起盾牌，一手牢牢握着板斧，向着天空挥舞劈砍，继续做着顽强的斗争……

刑天虽然失败了，但他不屈不挠的精神常被后人称颂。

阅读与感悟

刑天的头被砍掉了，但他仍然站立起来，奋力斗争。东晋大诗人陶渊明在诗中赞扬道："刑天舞干戚，猛志固常在。"刑天这种顽强的精神在现实中确实值得我们学习。但我们要深刻认识到，文中的各种离奇情节只是神话传说，现实中是不可能存在的。

帝女桑

在上古时期，有一个名叫赤松子（又写作“赤诵子”）的仙人，是负责掌管施云布雨的官。传说，他常常吃堂庭山上盛产的一种水晶，因而身体变得很轻，能够随风雨到处飞行。他还能够跳进熊熊燃烧的大火中，身体却不会有任何损伤。他常常去昆仑山，住在西王母曾经住过的石屋子里。每当风雨来临之时，身体非常轻的他就在那高山陡崖上，随着风雨上上下下，十分惬意。

这天，炎帝的女儿帝女外出游玩，忽逢风雨袭来，她只好着急地攒着衣裙四处找地方避雨，可交加的风雨不等人，待她好不容易找到避雨之处时，还是被淋得衣衫尽湿。

少女懊恼地拧着自己的裙摆，漫无目的地想着：“哪怕是炎帝的女儿又怎样，在风雨面前，不也和万千平民一样避无可避吗？”想到这里，她又觉得自己有点好笑。忽然间，只是不经意的一瞥，她好像在不远处的陡崖边上看到了一个冒着风雨上下飘摇的人！再定睛一看，那竟然是位仙人，在风雨中从容自在地飘摇着，仿佛与风雨、与陡崖、与自然融为了一体！那一刻的帝女心里受到了极大的震撼，她仿佛从那位仙人身上看到了自己最向往的生活。人世间的浮华再也无法引起她的兴趣，比起高贵的帝女，她更想做个与风雨同行的仙人！于是，她追随着那位仙人，一路奔波劳累，直到跟随他来到了昆仑山方才停下。

她叫住了仙人，言明来意，说想拜他为师。这位仙人就是赤松子，他从头到脚打量了帝女一番，然后拒绝了她，说自己并不想收她做徒弟。

帝女怔住了，在人间，她的父王是世间的王，她想要什么就可以得到什么，从来没有被人拒绝过。她以为自己一路跟随，已经是天地可鉴的诚心，对于拜师，赤松子应当毫不犹豫地应下才是，怎么会直接拒绝呢？

“你是人间的帝女，这里不会是你的归宿，”赤松子冷然拒绝，“升仙之路清苦漫长，绝不似你过去经历的万千繁华，你做不到的，回去吧，去你该去的地方。”

可帝女此生从没有觉得哪一件事比向赤松子拜师、成为仙人更重要。她既已下定决心，就一定要成为仙人，也绝不会轻易改变。她不认同赤松子的看法，自己既然想得出，便一定会做得到。于是，她在昆仑山住了七七四十九天，没有屋舍，就在雪中凿洞，没有水源，就捧雪水止渴。她每天都到赤松子的石屋前给他磕头请安，请求拜他为师，刮风下雪，风雨无阻。而每当赤松子在风雨天气中自在飘摇时，她就站在不远处认真凝视他的每一个举动。赤松子被她的诚意打动，终于决定收她为徒，教她本领。

经过一番学习、修炼，帝女终于如愿成了仙。她羽化成了白鹊，跟随赤松子一起来到了遥远的宣山，并在桑树上做巢，住了下来。

炎帝自从女儿走失后，一直在打听她的踪迹，听说自己的女儿成了仙，连忙抛下国事，不远万里来到宣山寻她。等到了千里之外的宣山，炎帝见从前美丽的女儿已经变成了一只白鹊，整日在桑树上飞翔、鸣唱，已全然不是过去那个乖巧可爱的模样，心里特别难过。他每日站在桑树下，呼唤她，叫她下树，可帝女就是不愿意。她成了仙之后，感受到了与自然同在的力量，她看着苦苦呼唤她的父亲，已经无法体会到与他一样的悲伤了。这便是成仙的滋味吗？

伤心欲绝的炎帝见哀求无果，迫于无奈，只好点燃了火把，用火烧树，想逼女儿从树上下来。可是，固执的帝女依旧待在树上，不愿下来。在烈火的焚烧中，帝女的心却像磐石般坚硬。这棵桑树也历经烈火淬炼而不倒。

炎帝离去了，帝女也离去了，只有这棵桑树仍然静静地屹立在这里。后来，人们为了纪念一心向往成仙，并且坚持努力到最后一刻的帝女，把这棵树称为“帝女桑”。

阅读与感悟

帝女一心想成为仙人，她的诚意打动了赤松子，赤松子收她为徒，教她本领。经过刻苦修炼，她终于成了仙。我们无论做什么事，都要坚持不懈，这样才会成功。

精卫填海

相传，炎帝有一个女儿，名叫女娃。炎帝非常宠爱这个女儿。

有一天，女娃驾着一只小船到东海去游玩，没想到海上起了风浪，像山一样高的海浪把小船打翻，女娃被海水淹死了。炎帝固然想念他的女儿，但无法使她死而复生，只好独自悲伤流泪。

女娃不甘心就这样死去，她的灵魂变成了一只小鸟。由于这只鸟经常发出“精卫，精卫”的悲鸣声，人们就叫她“精卫”。

精卫大小有点儿像乌鸦，住在北方的发鸠山上。她痛恨无情的大海夺走了自己年轻的生命，因此常常从西山衔来石子儿或小树枝，展翅高飞，一直飞到东海。她在波涛汹涌的海面上飞翔着，把石子儿或树枝投下去，想把大海填平。

大海奔腾着，咆哮着，露出雪白的牙齿，凶恶地嘲笑她：“小鸟，算了吧，就算你能干一百万年，也休想把我填平！”

精卫在高空答复大海：“哪怕是耗费一千万年、一万万年，直到宇宙终结，我也要继续，直到把你填平！”

“你为什么恨我这样深呢？”

“因为你夺走了我年轻的生命，将来还会有很多年轻无辜的生命被你无情地夺去。”

“那么你就填吧！”大海哈哈大笑起来。

精卫在高空悲鸣着：“我要填！我要填！我要永无休止地填下去！你这叫人愤恨的大海呀，总有一天我会把你填成平地！”

精卫飞翔着，悲鸣着，离开大海，又飞回西山上，衔着石子儿和树枝飞往大海。她往返飞翔，从不休息，直到今天，她还在做着这件事。

东海还有精卫誓水处，因为精卫曾经淹死在那里，所以发誓不喝那里的水。人们称精卫为“誓鸟”或“志鸟”，民间也有人叫她“帝女雀”。

就这样，精卫填海的故事流传了下来。人们常用精卫填海的故事激励自己要努力奋斗。

阅读与感悟

为了阻止大海继续吞噬无辜的生命，女娃死而不屈，化作精卫鸟，立志要将大海填平，其精神可嘉。古人又把精卫称为“志鸟”，就是称赞其志向宏大、意志坚强。

烛龙圣神

盘古开天辟地以后，宇宙便有了其独特的样子。世界变得充实、复杂了。于是，新问题又出现了。太阳、月亮仿佛一对调皮的孩子，每日想什么时候出来就什么时候出来，玩得高兴时会三天三夜不睡觉；不高兴了就门都不出，躲在家里睡懒觉。

整个世界混乱极了，毫无秩序，没有四季的变化，没有昼夜的区别。

正当这时，宇宙间出现了一个巨大的神。他居住在西北海之外，赤水以北的章尾山上，名字叫烛龙。

烛龙圣神长得非常奇特，他长着一副人的面孔，却有一个蛇一样的身子。他的皮肤是红色的，身子有一千里长。他的两只眼睛是竖立着的，十分明亮。

烛龙圣神的神力十分强大，能够照亮九重泉壤的阴暗。

他的本领很大：只要双眼一睁开，宇宙间立刻被照得如同白昼一般；眼睛一闭，明亮的天空马上被夜幕笼罩。他随意呼一口气，宇宙间顿时烈日炎炎，夏天便来临了；他吹一口气，雪花便纷纷从空中飘下来，炎热的大地就会被冰雪覆盖，冬天就悄然而至。

追本溯源

烛龙，中国古代神话中人面蛇身的神兽，在《山海经》《淮南子》等著作中均有记载。《楚辞·天问》中写道："西北辟启，何气通焉？日安不到？烛龙何照？"

烛龙圣神为了维持宇宙间万物的秩序，就这样无休止地为人类服务着。就在他双眼的一睁一闭中，昼与夜之间有了规律性的变化。一年四季也在他有节奏、有规律的一呼一吹中循环往复，运转不停。

那么具有神力的烛龙圣神靠吃什么维持生命呢？答案是他什么都不需要。烛龙圣神不吃饭，不喝水，不睡觉。他的呼吸会形成万里长风。也不知他的力量从何而来，烛龙圣神就这样不知疲倦，永不休息。

有时他看到人们遭受灾害，生活十分凄苦，便会流下同情的泪水。这泪水一落到人间，就变成了雨水，滋润着宇宙万物，给人们带来幸福的生活。

烛龙圣神不仅为宇宙万物造福，相传他还常常口衔"火精”。“火精”之光照在天门中，照亮了天地。他就是这样永不休止地为宇宙万物做着贡献。

阅读与感悟

烛龙圣神从不吝惜自己的力量，永不疲倦地为宇宙万物造福，这种无私奉献的精神令人感动。如果每个人都能为他人着想，这个世界就会变得更加美好。

后羿射日

尧统治天下的时候，东方天神帝俊和他的妻子羲和生下了十个儿子。这十个儿子长相十分怪异，和别人都不一样：他们身体像乌鸦，长着三只脚，全身都被一团火焰包围着，发出炽烈的光和热。这十个儿子就是十个太阳。

十个太阳出生以后，帝俊安排他们住在遥远东方的大海里。大海因为住进了太阳，温度一下子变得很高，海水就像开水一样冒着泡泡，热气冲天，所以这片海就被称为“汤谷”。

汤谷中央长着一棵奇大无比的树。这棵树又高又粗，几千个人手拉手也围不过来。树的名字叫作“扶桑”。太阳们在海水里洗过澡，玩够了，就爬到扶桑树上休息。天神帝俊知道自己的十个儿子具有神奇的力量，他们既可以给人间万物带来生机，也有可能给人间带来灾难。

于是，帝俊特意嘱咐儿子们，每天只能有一个人去天空中值班。

每当一个太阳值班时，母亲羲和就驾驶着黄金做的专车护送，其他太阳就待在家里。等值班的太阳回来了，另一个太阳才能升空。

就这样，日复一日，十个太阳一直按照顺序规规矩矩地去天空值班。

有一天，十个太阳突然厌倦了这种单调平淡的生活。他们决定打破平时的那种规矩，十个人一起去天空值班。

于是，他们想办法调开了母亲，一齐飞上了天空。他们尽情地嬉戏打闹，活蹦乱跳；他们把光和热发挥到了极致，毫无顾忌地射向大地。他们一直玩到筋疲力尽，才又一起回到住的地方。

第二天，十个太阳又一块儿升上天空，像前一天一样玩耍。

在接下来的日子里，他们每天都这样，十个人一起升上天空玩耍，一起落下回家。

以往，当一个太阳出现在天空的时候，世间万物得到阳光的照耀，变得欣欣向荣；而现在，十个太阳一起出现在

天空，世间万物经受不住这样的酷热，陆续都死了。花草树木干枯了，河流湖泊干涸了，大地上的人们每天忍受着烈日的暴晒，又喝不到水，也成批成批地死去了。只有少数在地面挖坑藏身或躲进山洞里的人才幸存了下来。

平时躲在深山老林或者大海深处的凶猛的怪兽们，这时也纷纷跑出来残害人畜，这就使得人们祸上加祸，实在无法生存。

人间的统治者尧见人民遭受如此大的灾难，心里十分着急。他采取了一切能想到的措施来拯救人民。

他首先按照老祖宗传下来的仪式，把一个名叫女丑的有名的女巫送到高山顶上，让太阳暴晒，据说这么一来就可以下雨；同时他举行盛大而隆重的祭祀仪式，祈求十个太阳不要一齐出来，祈求下雨，把人民从干渴之中解救出来。

女丑扮作旱魃的模样，在太阳底下暴晒，然而她很快就被晒死了。她死的时候，还用衣袖遮着脸，显然她实在受不住十个太阳的毒焰。可是十个太阳照常挂在天空中。天上没有一丝云，更没有一滴雨落下来。

女丑的死，使人们濒于绝望。没有办法，尧只好亲自去拜见帝俊，请求他约束他儿子们的

追本溯源

先秦文献中，《楚辞·天问》已提到后羿射日的故事：“羿焉彃日？乌焉解羽？”

行为，以拯救下界生灵。

帝俊知道这件事情以后，很是恼火。他本来就对儿子们平时的举动不满，听说了这件事情后就更生气了。帝俊下定决心要好好惩治一下他的这十个儿子。

帝俊听说人间有个神射手后羿，于是在考虑了很久之后，他决定让尧派后羿来处理这件事。尧派人找来后羿，对后羿说："现在十个太阳都在天上，使得万物都陆续死掉，老百姓没有办法生活，帝俊很生气。现在，我派你去惩罚他们十个。"

后羿很正直，有着一颗仁慈的心，他对十个太阳闹出的这件事情本来就已经很不满了，但因为他们是帝俊的儿子，所以后羿敢怒而不敢言。如今尧给他布置了这个任务，正好合他的意，于是他爽快地接受了任务。

后羿武艺高强，尤其是射得一手好箭。临行时，尧赐给他一张神弓和十支神箭，嘱咐他既要好好惩罚这件事情的罪魁祸首，又不能伤害十个太阳的性命，只要把他们赶回汤谷就行了。

此时的尘世间到处是烧焦的土地和枯死的树木，尸骨遍地，但是没有人收埋。幸存的少数人，全都奄奄一息，在死亡线上挣扎。这真是一片凄惨景象，令人不忍心看。后羿登上高山，对十个太阳说："我奉帝俊的命令，前来警告你们。你们只能留一个在天空中值班，其余的赶快回到汤谷！”

“哈哈！”十个太阳狂笑起来，“你是谁？你算老几，竟敢命令我们？难道你不知道我们的父亲就是帝俊吗？”

十个太阳喷射出更加猛烈的火焰，后羿和妻子嫦娥被烤得喉咙直冒烟，差点儿昏过去。

后羿张开弓箭，对准太阳，说：“你们再敢胡作非为，我就不客气啦！”

嫦娥害怕后羿惹出麻烦，便拉住了他。后羿只好把弓箭又放了下来。

可是，十个太阳越发骄横了，他们在天空中翻起了跟头。他们把更猛烈的火焰喷向了大地，幸存的生灵再也承受不了了。

后羿看到幸存的百姓全都叫苦不迭，有的人实在撑不住，就死在他面前。

于是，他顾不得尧对他的嘱咐，瞄准一个太阳就射了过去。地上活着的人们眼前一亮，只见一团火球突然爆炸开来，火光四射，天和地都猛烈抖动了一下。顷刻间，一团红红的物体“砰”的一声坠落到地面，人们顿时感到凉爽一些了。周围的人上前一看，只见地上躺着一只巨大的三足乌鸦。

剩下的九个太阳一齐向大地扑来，吼道：“后羿！你竟敢

杀我们的兄弟！我们跟你拼命！”后羿赶忙摸出箭，连连发射。随着一声声巨响，天空中火光满天，火红的羽毛向四处飘散开来，一只又一只的三足乌鸦掉了下来。

这时，闻讯来到此处的尧见天空中只剩下一个太阳了，连忙把后羿箭袋里的最后一支箭藏了起来。后羿一摸袋子，没有箭了，这才住了手。要不是尧把那最后一支箭藏起来，杀红了眼的后羿准会将最后一个太阳也射下来。如果真是那样，人类可就要陷入黑暗之中了。

剩下的那个太阳吓得浑身不住地发抖，跪在后羿和尧面前求饶。后羿说：“你只要答应不再祸害人类，我就饶你不死。”太阳连连点头答应。

从此以后，太阳每天早晨从东方升起，晚上从西方落下，用自己的光和热温暖着世间万物，服务于人类，再也不敢作怪捣乱了。

九个太阳一除，天气立刻凉爽下来。天空中乌云聚积，大地上凉风习习，不一会儿，雨就“哗哗”地下起来了。小草冒出嫩芽，枯树长出新枝，大沟小河重新蓄满清水，万物恢复了生机。得救的人类重新在大地上繁衍生息。他们感谢后羿，向他欢呼致敬。后羿也沉浸在欢乐之中。

阅读与感悟

勇敢的后羿惩罚了骄横跋扈的太阳兄弟，解救了苍生。如果太阳兄弟能够早些接受后羿的劝诫，能够怜悯世人的苦难，不再胡作非为，也就不会有九个太阳白白丢掉性命了。对于文中关于女丑祈雨而死的内容，我们要深刻地认识到这只是神话传说中的做法，现实中是不可能存在的。

雷公电母

雷公和电母是神话传说中的一对天神，他们二人掌管天庭雷电。

传说雷公孔武有力，背上有两个翅膀，而电母则相貌端雅。作法时，雷公手持槌楔，由于他视力差，所以夫人电母寸步不离，手持双镜，先行探照，明辨是非善恶后，雷公才行雷。

他们一旦作法，天空中就乌云密布，狂风大作，飞沙走石，电母射出耀眼的闪电，雷公投下一个大响雷，只听“轰隆”一声震耳的巨响，恶人便被击杀。

雷公是掌管雷的神灵。传说最早的雷神住在雷泽，龙身人首，有一个硕大无比的肚子，他常常拍自己的肚子来娱乐，每拍一下，就会发出轰隆的雷声。他死后，黄帝就找来雷神的一个亲戚做雷神。

这个新雷神皮肤的颜色好像朱砂，目光灼灼如闪电，外形好像一只猕猴。于是在后来的传说中，雷公最突出的特征就是猴脸和尖嘴，后人把这种形象的脸称为“雷公脸”。

雷公疾恶如仇，性情暴躁，一听某人犯法，就大发雷霆，不分青红皂白就击打槌楔发雷将其打死。因此，被雷公打死的人中，难免有些是含冤受死的，因而天帝派电母来辅佐他。

雷公、电母常常一起出现，他们原先的职能就是管理雷电，到了后来，就有了惩恶扬善的任务。如果有人犯了天都

不能饶恕的罪过，那么天帝就会派雷公电母用五雷轰他，隆隆的声音好像上天发怒一样。

电母是掌管闪电的女神，又被称为金光圣母、闪电娘娘。她有一头蓬松的头发，颜色红红的，两只脚上都只有三个脚趾。传说她手里握着的两面镜子，发出电光时，十分明亮耀眼。

电母本是平凡的人，她的丈夫去世得早，她既没有孩子，家境又极其贫寒，堂上只有一个婆婆。她很孝顺地服侍着婆婆度日，不肯改嫁。有一次，她的婆婆病了，她尽心尽力地照顾婆婆，没想到却引起了婆婆的误会。她的婆婆狠狠地责备了她，还请求雷公将她的媳妇打死。怎知雷公真的听到了，一怒之下，不分青红皂白，把这个女子打死了。

女子的婆婆很快就发现自己误会了儿媳妇，悔恨不已。然而媳妇已被雷击死，又无法叫她活过来。她婆婆就啼哭着责备雷公。雷公知道内情之后，也后悔自己的不审慎，仅仅听了那老婆婆的一面之词，未加分析，没有调查，竟然冲动之下，打死了好人。

于是，雷公就上奏天帝，请命让这个女子做自己的妻子，封她为电母。于是，她就成了雷婆，并成为电母。在雷公发雷之前，电母可以放光，先照亮世间的善恶，以明黑白，以免再打错人。所以鸣雷的时候，都先有电光闪一闪。

阅读与感悟

威力无穷的雷公性情急躁，视力又不好，幸好有明辨是非的电母在他身边，让好人不再受冤丧命。看来，人能力越大越要谨慎行事才行啊。

风伯雨师

风伯，又称风师、箕伯，他原名叫作飞廉，原是蚩尤的师弟。风伯的相貌与众不同，他长着鹿一样的身体，上面布满了豹纹，有着孔雀一样的头，头上的角峥嵘古怪，有一条蛇一样的尾巴。

飞廉在祁山的时候，发现对面山上有块大石，每次风雨来时大石便如燕飞起，等天放晴时，又安伏在原处。他不由得暗暗称奇，于是留心观察起来。

有一天半夜，只见这块大石动了起来，转眼变成一个形同布囊的无足活物，它朝地上深吸两口气后，仰天喷出。顿时，狂风骤起，飞沙走石，那怪物又似飞翔的燕子一般，在大风中飞旋。飞廉身手敏捷，一跃而上，将它逮住，这才知道它就是通五运气候、掌八风消息的“风母”。于是，他从风母那里学会了致风、收风的奇术。

天上掌管雨的神仙，叫作屏翳，也叫号屏、玄冥，他其实就是赤松子。

远古时代，人们以采集和渔猎为生，一日无获，就得挨饿，日子过得很艰难。后来，神农氏用木制作耒、耜，教大家种植谷物，秋收冬藏，人们的生活才有所好转。于是，神农氏被众人推为首领，是为炎帝。

有一年，降了一场罕见的旱灾。一连数月，天上没有一滴雨降落，田里的禾黍全都枯萎了。旱情最重的地方，川竭山崩，皆成沙碛，连人畜都要渴死，更别说汲水浇地了。

神农氏正发愁时，不知从哪儿跑来一个蓬头跣足、相貌古怪的野人，他上披草领，下系皮裙，手里还拿根柳枝。野人自我介绍说：“我叫赤松子，曾随师父赤道人在昆仑山西王母石室中修炼多年。赤道人常化为飞龙，南游衡岳。我亦化为赤虬，跟在他身后，还学会了布雨的本领。”

神农氏闻之心喜，让他马上展示一下。赤松子便化为一条虬龙，飞上天空。霎时间，天上乌云密布，倾盆大雨兜头浇下，眼看即将枯死的庄稼又恢复了郁郁生机。神农氏大喜，立刻封赤松子为雨师，专管布雨施霖的事。

后来黄帝成了部落联盟首领，九黎的头领蚩尤不服，兴兵作乱，请来了飞廉，连赤松子也投奔了过去。等黄帝率领众部落与蚩尤大战于涿鹿之野时，赤松子化为一条虬龙，飞廉变成一只鹿，一道施起法术。

霎时间，天昏地暗，飞沙走石，暴雨狂泻，飓风怒号。黄帝和他的部下在一片混沌中，连东西南北也辨认不出，怎

能作战？蚩尤趁机发动进攻，杀得对方丢盔弃甲。就这样，蚩尤倚仗飞廉和赤松子能征风召雨，九战九胜，迫使黄帝连连后撤，一直退到泰山。

黄帝在泰山召集群臣，商讨了三天三夜后，终于设计出两个破敌法宝——指南车和夔皮鼓。指南车有两层，共二十八个轮子，车上有一个木刻人。车轮滚动时，无论左旋右转，木刻人的手始终指向正南。夔皮鼓连敲几下，声音可以响彻三千八百里。于是黄帝再次与蚩尤决战。

蚩尤仍让飞廉和赤松子去呼风唤雨，吹烟喷雾。这一次，黄帝靠着指南车，始终不迷失方向，坚持战斗。紧接着，大臣容成等人，率人擂起鼓来，顿时惊天动地，裂石崩云，吓得飞廉和赤松子魂飞魄散，赶紧还原成本相，跟着蚩尤一块儿逃窜。黄帝挥师追击，终获全胜，还活捉了赤松子和飞廉。因为这两个人都表示降服，黄帝仍叫赤松子当雨师，又封飞廉为风伯，要他们从此为民造福。

阅读与感悟

虽然赤松子投奔蚩尤造反，与黄帝打仗，但黄帝是一位仁慈的君主，打败蚩尤之后，他继续任用风伯雨师，为百姓服务。我们应该学习黄帝的仁慈，做个宽厚的人。

嫦娥奔月

嫦娥是一位美丽的女神。她是神射手后羿的妻子。

后羿射日，立下了盖世神功，人们深深地爱戴和尊敬他。后羿一点儿也不骄傲，仍旧在人间四处奔波，为人们除掉许多潜伏的精怪猛兽。无论后羿做什么，嫦娥都一直陪伴着他，两个人从未分离。

嫦娥见后羿太劳累了，就对他说："为什么不把箭术教给大家呢？这样就有人能分担你的辛苦了。大家都学会射箭，力量也更强大。"后羿觉得妻子的话很有道理，就一口答应了。后羿要收徒弟的消息很快传开，小伙子们都争先恐后地跑来跟后羿学射箭。

在后羿的徒弟中，有个叫逢蒙的人。他学得最快，射得最准。很快，他的箭法就超过了其他所有徒弟。除了后羿，没人能比他强。可是，逢蒙却开始嫉妒起后羿来。

逢蒙总是暗暗地想：“我的箭法不比后羿差，为什么大家一提起神箭手，都在说他，却不提我的名字？总有一天，天下第一神箭手只有我一个人！”

后羿并不知道逢蒙阴暗的想法，他心里只想着百姓的疾苦。后羿听说西王母能让人摆脱天灾人祸、生老病死的束缚，于是决定去见西王母寻求仙药，造福百姓。

西王母住在遥不可及的昆仑山。传说昆仑山下方是无底深渊，整座山体又环绕着熊熊大火，从来没有人登上过昆仑山顶。

后羿跋涉万里，凭着不屈的毅力，穿过炎热的沙漠，翻过寒冷的雪山，渡过危险的弱水，穿过燃烧的火焰，终于登上了昆仑山顶。

西王母对后羿的经历了如指掌。她赞赏后羿的所作所为，毫不犹豫地交给他一只葫芦。

“这里装着仙药。能让两个人长生不老。如果一个人吃了，会升天成仙。”

后羿拿回了这珍贵的仙药。他回到家中，把仙药交给嫦娥珍藏。可是这一幕却被心术不正的逢蒙看见了。

逢蒙立刻有了新念头：“如果我能吃下仙药，就会长生不老。而后羿却会死。这样的话，世上的神箭手永远只有我一个！”

这天，逢蒙趁后羿不在家，闯进他的家里，逼嫦娥交出仙药。嫦娥知道自己不是逢蒙的对手，情急之下，拿出仙药一口吞了下去。

霎时间，嫦娥身体一下子变轻了。她飘了起来，飞出窗户，一直向天际飞去。嫦娥绝望地呼喊着后羿的名字，回望着人间。大地山川、草木亲人，都离她越来越远。最终，她飘进了月宫。

得知了消息，后羿飞快地跑回家。茅屋已经空了，逢蒙也跑掉了。后羿难过极了，只能在每个月圆的夜晚，在花园里摆上嫦娥喜欢的鲜果点心，对月独酌。

月亮中有个隐约的身影，那就是他思念的嫦娥。

阅读与感悟

嫦娥既聪明又勇敢，面对卑劣的逢蒙，她吞下仙药，没有让逢蒙的奸计得逞。由此，我们应该明白：害人之心不可有，防人之心不可无。

吴刚伐桂

古时候，有个叫吴刚的人，居住在西河。他自幼就喜欢修道成仙的故事，向往神仙之术，希望自己有朝一日也能成为飞天遁地、长生不老的神仙。

吴刚长大后，就离开家，四处寻仙问道。有一天，他终于遇到了一位道行高深的老者。他马上苦苦哀求，缠着老者要拜师学艺。老者便答应了收吴刚为徒。

一转眼，吴刚就随师父学习了三年。这三年中，吴刚从

师父那里学会了一些简单的修仙知识，渐渐地，他开始自满起来。

吴刚总是想：“我这么聪明，学什么都快，将来肯定能成为大神仙，前途不可限量！”他对师父也冷淡起来，平日里毫不关心，甚至还常常顶撞师父。仗着有一点儿本领，他还在外面惹是生非，背着师父蒙骗善良的百姓。

终于有一天，吴刚觉得自己再也忍受不了当徒弟的日子了。他心想：“现在我已小有成就，将来更是前途无量，何必还在这里过单调乏味的日子呢？干脆，让师父把长生不老的仙术教给我，我马上就远走高飞！”

于是，吴刚对师父说：“师父，别浪费时间了。你快教我长生不老的仙术吧！”

对吴刚的所作所为，师父心里其实非常清楚。他微微一笑，说道：“好，我答应你的要求。”

吴刚听后高兴极了。只见师父向天空一指，吴刚的身体便一点点升了起来，飘向天空。

吴刚又惊又喜，问师父：“我这是成仙了吗？”

师父摇摇头，说道：“你自大无礼，不守道规，为师罚你吃点苦头，好改过自新！”

吴刚这才明白师父是要惩罚自己，忙大声求情：“师父，弟子知错了！”

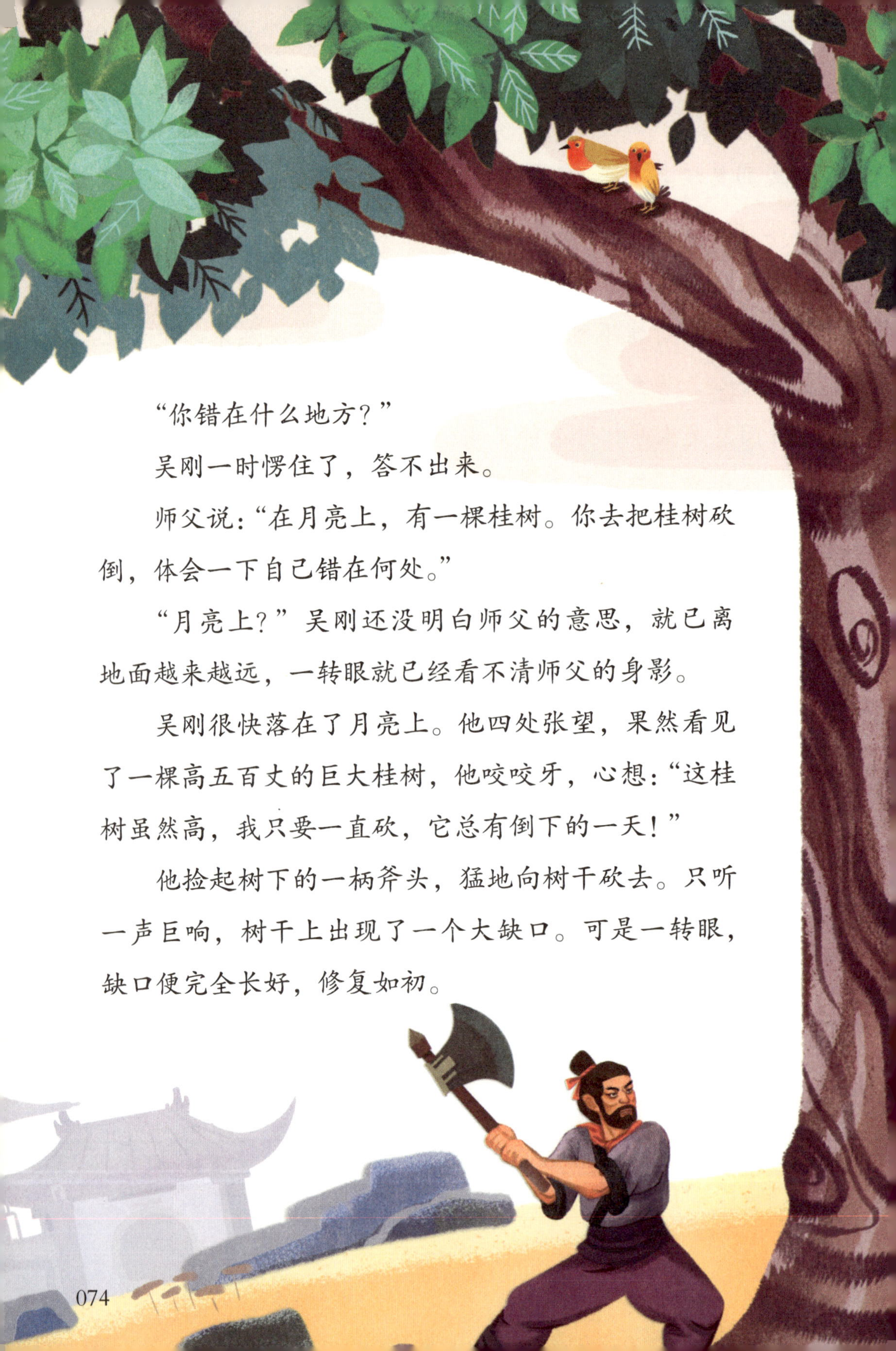

“你错在什么地方？”

吴刚一时愣住了，答不出来。

师父说：“在月亮上，有一棵桂树。你去把桂树砍倒，体会一下自己错在何处。”

“月亮上？”吴刚还没明白师父的意思，就已离地面越来越远，一转眼就已经看不清师父的身影。

吴刚很快落在了月亮上。他四处张望，果然看见了一棵高五百丈的巨大桂树，他咬咬牙，心想：“这桂树虽然高，我只要一直砍，它总有倒下的一天！”

他捡起树下的一柄斧头，猛地向树干砍去。只听一声巨响，树干上出现了一个大缺口。可是一转眼，缺口便完全长好，修复如初。

“啊？这是怎么回事？”吴刚震惊地看着这棵随砍随合的桂树。他终于明白了师父的惩罚有多么严厉——桂树永远也不能被砍倒。

从此，吴刚怀着满心的悔恨，一天天重复着砍树的工作，无止无休。

阅读与感悟

吴刚有一点点成绩就骄傲起来，惹是生非，最终受到了应有的惩罚。他在月桂树下日复一日地受罚，想必一定会改掉骄傲自满的毛病吧。

孔甲养龙

孔甲是启的后代。他当国君的时候，不务朝政，只关心鬼神、吃喝、打猎、宴乐等。他最喜欢做的事是养龙。

龙这种动物，是十分稀有的。传说黄帝就是骑着龙上天的。传说舜在位的时候，在南浔国地脉深处挖出了两条龙。南浔国国王就将龙进献给了舜，舜专门派人照顾，将两条龙养了起来。舜将首领之位传给大禹的时候，顺便把两条龙也移交给了大禹。

孔甲也有两条龙，他在自己的宫殿里挖了两个大池子，将龙养在里面。不过，养龙并不是一件容易的事情，得有专门的人来喂养龙。这样的人才一时之间并不容易找到。孔甲

派人找了很长时间，才找到跟着豢龙氏学了几天养龙术，但还不是很精通的刘累。刘累虽然不是最佳人选，但是有总比没有要好。

刘累本来是尧的后代，因为家道衰落，自己又没有什么特别的本领，就跑去学了几天养龙术。他的养龙术还没学精，就迫不及待地想试一试身手。结果没养几天，学艺不精的刘累就把雌龙给养死了。

他知道自己闯了大祸，干脆一不做二不休，让人把死龙从池子里拖出来，去除鳞片，剔去骨头，将龙肉剁成肉酱，在锅里煮好，给孔甲献了上去。他声称这是自己在野外打到的野味，特意请国君尝鲜。孔甲就这么吃了下去，还连声称赞味道好。

过了几天，孔甲想看两条龙表演，就让刘累把龙带出来。刘累撒谎说雌龙病了，于是只有一条精神萎靡的雄龙勉强应付了事。

又过了几天，孔甲提出还想吃之前刘累献上的肉，刘累这下进退两难了，他怎么能再杀唯一的活龙给孔甲吃呢？于是，刘累在害怕之下连夜逃跑，再也不敢提养龙的事情了。

后来，孔甲又到处寻访养龙高手。有人又向孔甲推荐一个叫师门的养龙人。

孔甲大喜，急忙请了师门来，师门确实有些本领。在他的调教下，那条雄龙变得容光焕发，精神振作，和之前很不一样。每个人看见了雄龙都很高兴，孔甲对此也很满意。

不过，师门性情耿直，脾气也不小，他常常直言批驳孔甲对养龙之事不懂装懂，使得一向唯我独尊的孔甲非常难堪。

孔甲起初还能忍受师门，过了不久，他开始心生不满，他想：“我是堂堂一国之君，我请你来养龙，结果现在倒变成了国君看养龙师傅的脸色了。”他越想越生气，平时任性妄为的脾气又上来了。

终于，当师门又一次批评孔甲时，孔甲立刻恼羞成怒，下令把师门拖出去杀了。师门十分不屑地说：“我才不怕呢！”说完以后，师门就跟着卫士出去了，并不畏惧。

孔甲杀害师门后，天空出现异象，刮起大风，下起大雨。当风雨停息以后，附近的山林就莫名其妙地着火了。火光熊熊，烈焰照天。很多人去扑火，但都扑不灭。大家都说因为师门有冤才会出现这种异象。

孔甲也害怕了，于是亲自到师门的墓地去祈求原谅。此后，火势果然小了很多。孔甲也就坐车返回宫殿。侍从们在宫殿门口请国君下车，等了很久都没有动静，他们掀开帘子一看，发现孔甲早就死在车里了。

阅读与感悟

孔甲身为一国之君，心胸狭窄，不懂得礼贤下士，而且任性妄为，视人命如草芥。师门仅仅批评了他几句，就被他杀了。孔甲最终受到了惩罚。但师门死后出现的那些不寻常现象在现实中是不可能出现的，这只是神话中常用的情节。另外，我们不能学习刘累在犯错后逃避的行为，在现实生活中，我们应正视错误并及时改正。

寿星彭祖

天帝颛顼有着众多后代，其中有很多长寿甚至不死者，最有名的要数彭祖了。

彭祖为何这样长寿呢？人们纷纷猜测。有人说，他是因为经常服用一种叫桂芝的药物才长寿的；也有人说，他是因为常做一种类似于深呼吸的运动才长寿的；还有人说，彭祖长寿是因为他擅长烹调一种味道鲜美的野鸡汤。有一次，他把这种野鸡汤献给了天帝，天帝喝了之后，一高兴，就赏赐他八百余年的寿命。

据说，彭祖活到七百六十七岁的时候，仍然没有衰老。当时的殷王十分羡慕他，非常想知道他长寿的秘诀，便派一名仕女坐着五彩的辇车前去彭祖那里讨教。

不过彭祖并没有直接回答自己为何长寿，而是绕了一个大圈子讲自己不幸的童年及人生遭遇。他是个遗腹子，三岁时又死了母亲，成了孤儿；之后，他又赶上犬戎之战，颠沛流离，生活无着，前后经历了一百多年；以后，他又多次失子丧妻。他所经历的不幸打击和人生忧患简直难以计数，肉体上和精神上经受的磨难说也说不完。

彭祖巧妙回避了如何能长寿这个话题，不过，彭祖说了一句发人深省的话：“长寿的方法应该是有的，不过像我这样孤陋寡闻、见识短浅的人是很难说出个所以然来的。”

说完，彭祖长叹一声，然后不知所踪。又过了很多年，有人在流沙国的西部看见他，他正骑着骆驼漫游呢。

阅读与感悟

百年人生，虽然短暂，如果过得舒心且精彩，也是幸事。彭祖始终回避如何长寿的话题，也许他就是希望人们能够明白，与其一心想要延长寿命，不如珍惜生命，将有限的人生活得精彩。

河　伯

河伯，又名冯夷，是黄河里的河神。黄河水势雄浑，浩荡无边，是天下人都赞叹敬仰的一条大河。在河伯的心里，他也觉得自己的黄河就是天下最大的河流。

秋季的一天，河伯驾着荷叶为盖的龙车，率领仆从们巡视黄河。只见无数小溪汇入小河，小河又逐一汇集入黄河。黄河奔腾咆哮，浑黄的水暴涨，浩浩荡荡前行，水面愈发宽阔，连对岸的景物都看不清了。

河伯得意极了，对仆从们说：“哈哈哈，看看我这磅礴的大河！”

仆从们纷纷称赞：“是啊，天下的水都流入了黄河，黄河是天下最大的河！”

“河伯您就是天下最大的水神！”

河伯听了愈发得意起来。这时，岸边有一个渔民听见了，却说：“九曲黄河东入海，黄河最后也是要汇入大海的。”

河伯一听，皱起了眉头：“什么？大海？”

渔民点点头，捋着胡须笑着说：“是的，大海才大呢。”

河伯可不相信。仆从们也纷纷斥责渔民：“你胡说！”

渔民说：“不信，你们可以去瞧瞧哇。”

河伯心中不禁疑惑，便决定去看看大海。他们沿着黄河的去向一路驱车前行，一转眼就到了海边。河伯抬头一望，只见大海一望无际，根本看不见尽头。

河伯一下子惊呆了：这大海可比他的黄河不知要大多少倍呀！他的仆从们也愣住了，说不出一句话。

此时，海神北海若正站在海边，欢迎河伯的到来。

河伯呆呆地看着大海，心里的震惊无以复加。过了好一会儿，他才感慨地对北海若说：“俗话说：‘只懂一点儿道理就认为自己无所不知。’这话说的就是我呀。要不是今天亲眼看见大海，我还会认为黄河是天下第一呢！这样一来我岂不会被人笑话！”

北海若笑着说：“井底的青蛙不懂什么是大海；生活在夏天的虫子也不明白什么是冰雪，因为他们受生活环境的限制，不明白山外有山、天外有天。我虽然容纳百川，却也不敢自大。因为大海与天地相比，也不过是一个小蚂蚁洞对比大湖而已。”

河伯点点头。他终于明白了：天地无穷无尽，时间没有终点，自大自满是不可取的。

阅读与感悟

世界是无限的，人们对世界的认识也是无止境的。见识少的人，往往以为自己不知道的少；见识多的人，才会懂得自己不知道的多。人的自我满足是见识浅薄、目光短浅造成的。

巨人防风氏

防风氏是南方巨人族防风部落的首领。他身高三丈三尺，光大腿骨就与一辆车差不多长。在大禹治水的时候，防风氏和他的部落曾经帮助大禹疏导河流，又在防风领地内疏理了湘溪、英溪、阜溪、塘泾河，开凿了下渚湖通往东苕溪的河道，立下了汗马功劳。

大禹年老之时，召集众多部落首领，在会稽山开庆功大会。很快，各个部落首领都已到齐。他们手持玉帛，恭恭敬敬地朝拜大禹，举行了隆重的仪式，称颂大禹治水的大功。

可庆功大会开了整整三天，却一直没见到防风氏的身影。直到大会快结束了，防风氏才气喘吁吁地赶到。

大禹觉得防风氏的迟到很煞风景，心中格外恼火，问防风氏：“你为什么迟到？”

防风氏说：“我一接到庆功大会的通知，就马上动身出发了。可在路上碰到天目山出蛟，苕溪河发了大洪水。水急浪高，无法渡河，因此迟到了。”

在庆功大会的这几天里，大禹听到的都是奉承话、赞扬声，不禁有些飘飘然了。因此，防风氏的迟到让他火冒三丈。大禹怒气冲天地质问：“你们防风氏部落是离会稽山最近的，却偏偏迟到。这不是居功自傲、目无君王吗？”

大禹盛怒之下，只想杀一儆百，以显示自己的威势。他不等防风氏申辩，就厉声喝道：“推出去斩首示众！”

于是，在众目睽睽之下，防风氏被推出门外斩首示众。

谁知防风氏只是头颅落地，伤口竟没有出血。过了好一阵，才有一股白血冲着天空喷出。这反常的情形把大家惊得目瞪口呆。

为什么防风氏的头颅里喷出来的不是红血而是白血呢？这异常的情形是不是有什么隐情？为解决这个疑惑，大禹派人前去防风部落调查。

几天后，负责调查的人回来了。他向大禹禀报：防风氏在赶来的途中，确实遇到天目山出蛟，苕溪河泛洪。防风氏指挥部下对抗洪水，安置落难的百姓，忙了几天，所以才迟到了。

原来防风氏说的都是真的！

大禹听后，心中一阵悔恨。他又想到防风氏一直忠心耿耿，不辞辛劳地帮助自己治水，最后却因为救人而被自己错杀。大禹越想越自责，不知不觉流下了泪水。

为弥补过错，大禹下令敕封防风氏为防风王，建造防风祠，供奉防风王神像，让百姓每年祭祀。据说，大禹还亲临防风部落参加了防风王的第一次祭祀仪式。

阅读与感悟

大禹在盛怒之下，下令杀掉了劳苦功高、一心为民的防风氏，犯下了无法弥补的过错。我们做事一定要谨慎，千万不能因一时的冲动而铸成大错。

伏羲结网捕鱼

伏羲的母亲华胥氏经常游历天地之间的名山大川，欣赏奇妙瑰丽的自然风光。

有一次，她去东方一个名叫“雷泽”的地方游玩，偶然看见沼泽边有一个巨人的脚印。

这个脚印大得出奇，华胥氏觉得很有意思，就好奇地踩了上去。谁知她刚一踩下，身子忽然就有一种异样的感觉，腹中动了一下。后来，华胥氏就生下一个男孩，取名伏羲。

伏羲的父亲就是那个留下巨大脚印的神。他是雷泽的主人，人头龙身，半人半兽。伏羲天生异相，长有人的头，蛇（或说龙）的身子，从小就有神力。这种神力就源自他的父亲。

伏羲长大后当了东方的天帝。既然是万民之王，他就理所当然要为天下黎民谋取福利。

那时候，人们都是靠打猎和采集野果为生的，而大自然的四季变换和恶劣的自然环境，使得人们没有稳定的食物来源。

伏羲看到这个情况，心里很难过。他想，这样下去总不是办法。

他左思右想，想了三天三夜，都没有想出一个可以解决人们吃饭问题的办法来。

第四天，他在河边散步，走着走着，他不经意间一抬头，看见一条又大又肥的鱼从水面上跳起来，跳得很高。一会儿，又有一条鱼跳起来；再隔一会儿，又是一条。这引起了伏羲的注意。

追本溯源

伏羲，中华神话中人类的始祖。其名较早出现于《管子》《荀子》《庄子》等诸子之书，以及《战国策》等史书中。

他想：这些鱼又大又肥，弄来吃不是很好吗？他打定主意，就下河去抓鱼，没费多大工夫，就捉到一条。伏羲就把鱼拿回家去。

其他人看见伏羲捉来了鱼，都欢欢喜喜地跑来问长问短。伏羲把鱼分给他们吃。大家吃了，都觉得鱼的味道不错。

伏羲对他们说：“既然鱼好吃，以后我们就动手捉鱼，好帮补帮补生活。”大家当然赞成，就都跑到河里去捉鱼。捉了一个下午，每个人都捉到了鱼。这下子大家都十分欢喜，把鱼拿回去美美地吃了一顿。

伏羲打发人给住在别的地方的人送信，告诉他们也来捉鱼吃。这样，没过两天，几乎所有人都知道捉鱼吃了。

然而好景不长，一天，龙王带了乌龟丞相跑来干涉，他恶声恶气地对伏羲说：“谁让你们来捉鱼的？你们这么多人是要把我的子民都捉完吗？赶紧给我停下来！”

伏羲没被龙王的话吓倒，他反问龙王：“你不准我们捉鱼，那我们吃什么？”

龙王气冲冲地说："你们吃什么，关我什么事！反正就是不准你们捉鱼。"伏羲说："好，不准捉，我们不捉。那我们就喝水，如果河水被喝干了，那你们恐怕就……"

龙王本来就是个欺软怕硬的家伙，听伏羲这么一说，心里果然害怕了。他怕伏羲和他的族人真来把水喝干，自己的命就难保了。但让他们捉吧，龙王又实在咽不下这口气……

正在进退两难之际，乌龟丞相凑到龙王耳朵边，悄悄向龙王说："您看，这些人都是用手捉鱼的，咱们就和他们定个规矩，只要他们不喝干河水，就让他们捉鱼，但是不许用手捉。他们不用手就捉不到鱼。这下子既保下了我们的子民，又保住了龙君您的性命……"

龙王一听这话，高兴得哈哈大笑，于是对伏羲说："只要你们不把水喝干，你们要捉鱼就来捉吧。可是，你们得遵守一个规矩——不能用手捉。你们若是答应，就算是说定了，以后双方都不准反悔！"

伏羲想了想，说："好吧。"伏羲回去以后，就一直思索不用手捉鱼的办法。

想了一个通宵，第二天又想了一

个上午，伏羲还是没有想出办法来。

到了下午，他躺在树荫底下，眼望着天，一筹莫展。这时候，他看见两根树枝中间，有只蜘蛛在结网，左一道线，右一道线，一会儿就把一个圆圆的网结好了。蜘蛛把网结好后就跑到角落里躲了起来。过了一会儿，那些远远飞来的蚊子呀，苍蝇啊，都被蜘蛛网给网住了。蜘蛛这才从角落里爬出来，饱餐了一顿。

伏羲突然开了窍。

他编了一张网，把网往河里一放，手握长棍静静地等候着。隔了一会儿，他把网往上一拉，哎呀，网里净是些活蹦乱跳的鱼！

这个办法比起用手捉鱼不但捉得多，人也不用下水了。从此以后，伏羲就把结网捕鱼的方法教给了其他人。人们就都用网来捕鱼了。

阅读与感悟

当遇到问题时，我们开动脑筋多思考，才能想到好办法。伏羲借鉴蜘蛛织网的方法，想出了用网捕鱼的好办法。爱思考的伏羲让问题迎刃而解，使人们的生活越来越好。

钻木取火

远古时期，人们不会用火，只能吃生的食物，经常生病，寿命也很短。到了夜晚，部落里的人们蜷缩在一起，又冷又怕。

伏羲看到了这一切，便想让人们知道火的用处。于是他大显神通，降下了一场猛烈的雷雨。随着“咔”的一声巨响，一道闪亮的雷电劈向树木，大树猛地燃烧起来。转眼间，森林里就燃起了熊熊大火。动物和人类看到这个景象，吓得四处逃散。

雷雨停了，人们慢慢地聚拢回来，惊恐地看着还在燃烧的树木。他们渐渐发现，火焰驱走了雨后的湿冷，照亮了黑暗的夜色，而被大火烧死的野兽也散发出更浓郁的肉香。

原来，火一点儿也不可怕，还会带来光明、温暖和美味！

人们发现了火的可贵之处，很快便明白了如何利用火。他们捡来干树枝，在火焰上引燃，作为火种保存起来。每天都有人轮流守着火种，不让它熄灭。这样一来，部落里就永远拥有了光明、温暖和更美味的食物。

可是有一天，看守火种的人不小心睡着了，火熄灭了。人们又陷入了黑暗和寒冷，再一次以生鱼生肉为食，很多人生了病。

看着部落里凄惨的景象，有一位年轻人不由得发问：“怎么才能再得到火呢？”

“要等待天神赐予！”部落里的人们说。

“除了等待，难道我们就没有别的办法吗？”年轻人又问。

人们纷纷摇头：“火是那么神奇而不可捉摸，除了天神赐予，没有别的办法。”

年轻人沉默了。他想了很久，终于决定离开部落，孤身一人去寻找取火的方法。

年轻人翻过高山，涉过大河，走了很远很远的路，过了许多许多年。最后，他到达了一个国家。

这个国家就是燧明国。这里远得连太阳和月亮都看不到，四处一片漆黑，没有昼夜之分。这里有一棵美丽茂盛的巨树，叫作“燧木”。它粗壮高大，直冲云天，枝叶向四面八方伸展，几乎遮住了整个国家。

在这大树的幽暗的浓荫里，常常闪现出宝石般辉煌灿烂的光点。光点不停闪烁，照得四下非常明亮。燧明国的人们，就在火光里生活。

这些光点是什么呢？

年轻人仔细地观察着，很快探明了真相。

原来，在燧木上，停留着许多大鸟。这些鸟不停地啄着树干，发出“笃笃”的声音。每啄一下，就有火光迸发闪现。

年轻人的心中仿佛也有火光一闪：原来，燧明国是这样照明的！

他立刻捡起几根燧木的小树枝，用力地去钻大树枝。火光果然闪了起来，却没有燃起火焰。

年轻人没有放弃，又换了其他种类、更干燥的树枝一次次尝试。手心搓红了，胳臂搓酸了，他试了一次又一次，累得满头大汗。终于在一次持续的

摩擦中，火星四射，聚成了一团粲然的火焰！

这就是“钻木取火”！年轻人终于找到了取火的秘密！

年轻人离开了燧明国，向家乡走去，一路走，一路传授“钻木取火”的方法。从此，温暖的火照亮了无数人的面孔，帮助他们饥饿时烧煮食物、寒冷时取暖、围猎时驱兽、耕种时除草，烧陶、铸铜、冶铁、炼金……

这位年轻人受到后人敬仰，被尊称为“燧人氏”。

阅读与感悟

智慧和勇气是取得成功的好搭档。没有敢于尝试的勇气，人们不会发现火的用途；没有智慧，年轻人就找不到钻木取火的方法。我们要有坚持不懈的精神，否则，我们无法像年轻人一样找到“燧木”，成不了受人尊敬的“燧人氏”。

后羿战巴蛇

传说在很久很久以前，洞庭湖一带的深山里住着一条凶恶的巴蛇。这条巴蛇身形巨大，头部呈怪异的青色，身体却是黝黑的，鳞片坚硬如铁，裹在身上像穿着厚厚的铠甲。巴蛇自身带有剧毒，血盆大口中喷出来的毒液能射到很远的地方。

巴蛇常用芯子袭击生物，以毒液残害生灵。凡是它盘踞的地方，寸草不生，生灵涂炭。

巴蛇本来是天生地孕的妖蛇，灵智早开却不能潜心修行。它胃口越来越大，深山里已经再无生灵供它食用，它便对洞庭湖一带的百姓起了歹心。它在湖中兴风作浪，搅翻船只，吞食落水的人，它还伏在水边袭击过往的路人。本来碧波荡漾、飞舟迎浪的美丽洞庭湖，一时成了人迹罕至的可怕地带。

百姓受到残害，村庄良田遭受破坏，民不聊生……这事惊动了尧，尧派遣神射手后羿前往洞庭湖一带斩杀妖蛇。

后羿驾了一叶小舟在洞庭湖上寻找巴蛇，找了很长时间也不见它的踪影。突然间，湖心冒出了一座“小山”，并迅速地移动着。后羿仔细一看，正是巴蛇。

巴蛇高昂着它硕大的头，伸着长长的红色芯子，激起巨大的波涛，直向后羿的小船冲过来。后羿拔箭射去，可是箭在巴蛇身上弹了一下，就落入水中了。

巴蛇愤怒了，加速向后羿冲来。巨浪把后羿的小船一会儿抛上浪尖，一会儿送进波谷。

后羿稳稳地站在小船上，随着颠簸的小船时上时下。他持弓在手，静候着巴蛇。当巴蛇张开大嘴，想要一口吞下后羿时，他敏捷地一晃，从小船上飞身骑到巴蛇身上，拉开弓箭向巴蛇射去。

巴蛇的鳞甲虽坚如钢铁，可也抵挡不住后羿神箭的力量。一股腥臭的鲜血从它的伤口处喷出，立即染红了湖水。巴蛇疼得嗞嗞直叫，卷起尾巴扑打后羿。后羿趁势抽出剑用力一挥，巴蛇的尾巴被齐齐地砍了下来，“砰”的一声落入湖中。后羿又举剑连连向巴蛇的头部猛刺。巴蛇在水中挣扎了一番，终于浮在水面上不动了。

湖边挤满了闻讯赶来的渔民，见巴蛇被杀死，他们一齐发出了震天的欢呼声。

后来，巴蛇的尸体僵而不化，变成了一座山。为了防止这条妖蛇复活作恶，尧命人在这座蛇身化成的山上兴建房屋村庄，这座山现在被称为“巴陵”。

阅读与感悟

巴蛇作为天生地孕的妖蛇，灵智早开却不能潜心修行，它作恶多端，终被勇敢的神射手后羿斩杀。无论身处的环境、自身的条件是好是坏，我们都不应该去做坏事，危害他人和社会。

鲧禹治水

尧舜时期，洪水泛滥，水灾前后持续了好几十年。庄稼被淹没，房屋被冲毁，无数的人被淹死。幸存的人都跑到山上保命，可是许多毒蛇猛兽也被洪水赶到了山上，一部分人又被毒蛇猛兽咬死或吞食，还有的人因饥饿而死。人类已经无法承受这样深重的灾难。

由于无法消除人们的苦难，尧便向天帝祈求，希望天帝能派人治理洪水、拯救受苦受难的人们。天帝被尧感动了，便派大神鲧到人间来治水。

鲧来到人间以后，还没有弄清楚发生水灾的原因，就动手了。他伸开他的巨腿，挥动他的铁臂，搬山运土，来抵挡泛滥成灾的洪水。他一脚就可以踢来一座山，一手就可以筑成一道堤。可是这里的水被挡住了，那里的山又被洪水冲开了；南面的缺口刚被堵住，北边的堤坝又决口了。鲧累得浑身乏力，但洪水仍是堵不胜堵，防不胜防。最后，鲧实在想不出别的办法了，便把天帝的“息壤”偷了出来。息壤是一种神土，只要把它放到人间，它就可以片刻间几十里、几百里地生长开来。

鲧偷出息壤之后，便把它带到人间，用来堵洪水。但这个办法仍然不能奏效。因为息壤虽然堵住了洪水，但不能将洪水排出去，所以洪水依然淹没了大片的土地，水患仍然没有消除。人们不能在土地上耕种，便无法生存。鲧治水九年，劳而无功，还因偷走了天帝的息壤而获罪，在羽山被处死。

追本溯源

《山海经》中是这样记载鲧禹治水的故事的：“洪水滔天。鲧窃帝之息壤以堙洪水，不待帝命。帝令祝融杀鲧于羽郊。鲧复生禹。帝乃命禹卒布土以定九州。”

舜帝继位以后，请来鲧的儿子禹继续治水。禹聪明机智，他对父亲治水失败的原因做了分析，觉得父亲一是没有弄清楚发生水灾的原因，二是治水的方法不对。

为了查清发生水灾的原因，禹先召集众神在东海岸的茅山开了一次会，共同分析原因。大家把意见一集中，终于得出结论：水患是由无支祁引起的。无支祁依仗处于众水下游的优势，有恃无恐，汇集众水兴风作浪。禹查看了水灾情况之后，决定首先制服无支祁这个恶神。

无支祁很难对付，他像只猿猴，凸额头，塌鼻梁，青色的躯体，白色的头发，两眼闪着金光，满口白色的利齿。他的脖子一伸可达百尺长，两臂用力可以拖住九头大象。他奔跑、跳跃极为灵活，生性非常凶猛。禹调集众神，在淮水与无支祁对战。

首先出战的是童律和乌木由，但他们都不是无支祁的对手。后来庚辰出马了。庚辰比无支祁灵活敏捷，他时东时西，忽上忽下，很快就打乱了无支祁的节奏，最终把无支祁擒住了。为了永远不让无支祁出来害人，禹下令用一条粗大的铁链子将他锁在五十丈深的水下，并把铁链子在山脚盘绕了几周。

制服了无支祁，禹便开始实施第二步治水措施。他与鲧采用的方法不同，他不是堵，而是疏导——设法把洪水引到大海里去。

在广阔的土地上，交织着无数的河流，还有无数座高山、无数个深渊。禹不辞劳苦，不避艰险，顶风冒雨，跋山涉水，走遍了九州大地。东海的大神龟被请来帮忙运土，它一次就能驮走一座山；应龙舞动它的长尾巴，一天之内就能疏通几条大河。

黄河中游有一座绵延几百里的大山，名叫龙门山，河水受其阻挡，常常溢向四野，淹没庄稼。禹不辞辛劳，调集各路神君和成千上万的百姓，耗费了整整五年时间，终于完成了整个治水过程中最艰难、最繁重的工作——凿通龙门山，上游的洪水得以顺利通行。经过整整十三年的努力，治水工程取得了巨大进展。洪水顺流而下，流入大海，同时还方便了人们乘船、灌溉庄稼。在这十三年中，禹多次经过自己家门口都没有进去。

因为禹治水有功，舜就把首领之位传给了他，后人尊称他为大禹。大禹在位期间，天下风调雨顺，五谷丰登，人们过着美满的生活。

阅读与感悟

鲧没有找到水害产生的根本原因，所以治水失败了。他的儿子禹，并不盲目地治水，而是先找到发洪水的原因，再想出解决办法，并采用疏导的方式治水，取得了成功。所以，我们遇事要冷静地找出原因，对症下药。

大禹拜访奇肱国

远古时期，有一个小国名叫奇肱国。

奇肱国是一个非常奇怪的国家。风一年四季总是刮个不停，所以国内到处都是小型风车。

奇肱国无论男女老少都只长着一条胳膊。每个人都有三只眼睛，一只在额头上，两只在额头下。额头上那只眼睛白天可以看东西，额头下那两只眼睛晚上可以看东西。

奇肱国的人虽然长得其貌不扬，但是都非常勤快，可以整夜不休息。他们特别擅长制作各种精美的器具，他们不仅发明了可以捕捉各种动物的捕兽夹，还发明了飞车，这种飞车可以乘风远行。这种飞车做工精巧，省时又省力，给人们的生活带来了很大便利。

有一天，大禹和九天玄女偶然间到了一片广阔的原野上。在这里，有高耸入云的山峰，还有潺潺的河流，景色十分美丽。

大禹看着这美丽的景色，想在这里稍作休息。他们从空中徐徐下落，快要落地的时候，忽然十几架飞车把他们团团围住。

不一会儿，从飞车上下来十几个人，这些人长相十分怪异，都是一条胳膊，三只眼睛。

这时，其中一个人问他们："看你们的模样和我们不一样，你们是从哪个国家来的？"

大禹回答道："我们来自中原。"那人摇摇头说："我不知道中原在哪里，从来没去过。"然后他领着大禹和九天玄女去见他们的国王。

大禹他们来到王宫，只见宫殿十分气派，宫中不仅有很多精美的装饰品，还有许多从没见过的器具。

奇肱国的国王见到大禹他们后彬彬有礼地问："请问你们是坐船到这里来的吗？"

大禹说："不，我们是自己飞过来的。"

国王睁大了眼睛，有点儿不敢相信，便说："啊！你们能飞！我们却只能依靠飞车。"

国王非常热情，邀请大禹和九天玄女坐上他们的飞车到处游玩，然后准备了美酒佳肴招待他们。

大禹在奇肱国见到了许多以前从来没有见过的新式工

具，他和九天玄女在这里游玩了几天才恋恋不舍地回去了。

后来，奇肱国还派使节坐着飞车来到中原访问大禹。大禹带着他们游历中原的大好河山。后来在使节临回国时，大禹还赠送了许多奇珍异宝。

阅读与感悟

奇肱国的人虽然长得其貌不扬，但是都非常勤快，他们发明制造的飞车给人们的生活带来了很大便利。外表的美丑不是最重要的，用智慧和勤劳创造的财富才会令我们过得更好。

鲤鱼跳龙门

庙峡又名妙峡。两座巍峨雄奇的凤凰大山，拔水擎天，夹江而立。这个峡谷中，流传着一个优美动人的故事。

在很久以前，大宁河畔的乡民过着安居乐业的美满生活。一年，不知从哪儿飞来一条作恶多端的大黄孽龙。它不是呼风唤雨破坏庄稼，就是吞云吐雾残害生灵，把整个峡谷搞得乌烟瘴气，不得安宁。每年六月初六它的生日这天，它更是强迫人们献上十头大黄牛、一百头肥猪、一百只肥羊供它享用。如若不然，它就发怒作恶，张开血盆大口，窜入村庄吞噬人畜，破坏田园。乡民怨声载道，叫苦连天。

峡口龙溪镇上，有一个聪明秀美的小姑娘，名叫玉姑，她下定决心，非除掉这条恶龙不可。有几次，她登上云台观去找云台仙子求救，都未找着。她仍不灰心，继续去找。这天清晨，她又登上云台观。仙子被玉姑的心诚志坚感动了，就出现在她眼前，说：“离这儿千里之外有个鲤鱼洞，你可前去会见那里的一位鲤鱼仙子，她定能助你。”

玉姑辞别云台仙子，跋山涉水，历尽千辛万苦，来到鲤鱼洞中，找到鲤鱼仙子，说明来意。鲤鱼仙子对玉姑说：“你想为民除害，这是件大好事，可是必须得牺牲你自己！你愿意这样做吗？”玉姑毫不犹豫地说：“只要能为乡亲们除害，消灭那恶龙，哪怕是上刀山，下火海，粉身碎骨我也心甘！”鲤鱼仙子见玉姑这样诚恳坚决，十分满意地点了点头，朝玉姑喷了三口白泉，玉姑顿时变成了一条美丽的红鲤鱼。

红鲤鱼逆江而上，经过七七四十九天，来到了龙门，可是有一块大石拦路，只有跳过去，才能游回家乡。红鲤鱼连跳了七七四十九次，终于跳过龙门。游到家乡时，正是六月初六清晨，她摇身变回原貌，

见乡亲们已把十头大黄牛、一百头肥猪和一百只肥羊准备就绪。人们敲锣打鼓，宛如一条长龙向祭黄龙的峡口走去。

黄龙见百姓送来美味佳肴，早已垂涎三尺，得意地钻出水面，张开大口冲了过来。就在这千钧一发之时，玉姑抢先上前，拦住父老乡亲们说道："大家在此暂且等着，让我前去收拾这个害人精。"话刚说完，玉姑纵身跳入水中，霎时间变成一条大红鲤鱼，腾空飞跃，直朝恶龙口中冲去，一下蹿到它的肚中，东刺西戳，把恶龙的五脏六腑捣得稀烂。恶龙拼命挣扎，不停翻滚，但无济于事，终于被玉姑杀死了。可是，玉姑自己也葬身在黄龙腹中。

大宁河畔的人们又过上了安居乐业的日子。人们为了缅怀玉姑，在峡口半山腰修起了一座鲤鱼庙。这一带至今还流传着鲤鱼跳龙门的故事。

阅读与感悟

玉姑为了惩治黄龙，为民除害，宁愿牺牲自己的生命，她的无私精神真让我们佩服。但这是神话传说，在现实生活中，我们在帮助他人时，首先需要保证自己的生命安全。

夸父逐日

从前，有一个巨人，名叫夸父。他坐在地上，就像一座大山。他一站起来，脑袋就能碰到天上的云彩。

夸父有一副好心肠，时时都想为人类做一些有益的事情。他看到人们生活在寒冷、黑暗的世界里，十分难过。他想要抓住太阳。他认为只有抓住太阳，世界才会充满光明和温暖，时间才不会一天天地很快流走，人们也就能活得更久一些。这样岂不是帮了人类一个大忙吗？

于是，夸父决定随着太阳一路追赶下去，直到抓住太阳为止。

追呀，追呀！夸父用尽全

追本溯源

《山海经·海外北经》记载，有个叫夸父的人，为了征服太阳，一路追赶它，直至口渴而死。临死时，他扔出他的手杖，手杖化为一片树林，名曰邓林。

力，拼命地追。时间一天天过去了，夸父却始终追不上太阳。可是，夸父一点儿也不气馁，他下定决心，不完成心愿决不放弃。这时候的夸父又累又渴，一下子把黄河的水都喝光了。后来，他又把渭河的水喝光了。可是，夸父不管喝下多少水，都没有办法止渴，夸父实在受不了了，痛苦得简直要发疯了。

夸父很无助地抬头一望，突然看见远处有一片大泽。眼前出现这么一片美丽的大泽，夸父实在太高兴了，便拼命地往大泽跑去。不料，路是那么崎岖不平，夸父行进得相当困难，而当时他又非常累，非常渴，心里难免烦躁，一不小心，他竟被路上的一块大石头绊倒了。

顿时，“啪”的一声巨响，夸父高大无比的身躯就这样摔了下去。他的手和脚都被摔断了，头部也被撞出了一个大洞，鲜红的血流得满地都是。夸父努力挣扎着想要爬起来，可是一点儿力气也使不出来。

最后，夸父因体力不支，倒地而死。就在他倒下的那个地方，他的手杖化为一片森林。

阅读与感悟

夸父想为人类做些有益的事情，这个美好的愿望一直支撑着他前进。虽然追日途中困难重重，但夸父一直没有放弃。我们也要做有理想、不怕困难的人，但实现理想也要讲求实际。

劈山救母

古时候，巍峨险峻的西岳华山上住着一对神仙兄妹。哥哥叫二郎神，是一位法力高强的守山神。妹妹叫三圣公主，也同哥哥一样守护着华山的安宁。她有一件女娲娘娘赠予的神奇法宝，那法宝名叫宝莲灯，模样似一朵绽开的莲花。

三圣公主平日生活在华山脚下西岳庙内的雪映宫中，经常用神力护佑当地的百姓。百姓感念她的恩德，为她修筑了精美的雕像，尊称她为“三娘娘”。

一日，一位名叫刘彦昌的赶考士子路过华山，慕名来到三圣公主的雪映宫游览祈福。他一踏进殿内，便被三圣公主精美的雕像迷住了，他爱上了这位美丽的三圣公主。在他心动的同一时刻，正在殿内雕像中休息的三圣公主也爱上了他。

刘彦昌重新踏上赶考之路后没多久，便在路上遇见一个同三圣公主的雕像长得一模一样的人，这个人自然是化为民间女子偷偷追随他而来的三圣公主。两位年轻人相视一笑，很快就互诉衷情、结为夫妻。

等到刘彦昌因为要应考，不得不离开三圣公主的时候，她已经有孕在身了。刘彦昌以自己的传家之宝“沉香”为名，给未出世的孩子起了名后便离开了。

三圣公主很快被她的哥哥二郎神找到了。原来她是瞒着哥哥二郎神，偷偷下凡的。二郎神找到了妹妹，发现她不仅与凡人成了婚，还有了身孕，非常震怒，他调来了许多天兵天将，要把三圣公主抓回去。三圣公主自然不从，她祭出宝莲灯，与他们展开了一场激烈的战斗。宝莲灯光华盛放，天兵天将都要避其锋芒。二郎神只有趁她不备，派他的手下哮天犬把宝莲灯偷了出来。三圣公主这才不敌众人，被哥哥抓了回去，被压在华山的莲花峰下。

她被压在了暗无天日的莲花峰底下不久，便生下了儿子沉香。三圣公主怕二郎神要加害儿子，便托朝霞仙子把沉香送到丈夫刘彦昌手中，把自己的神物宝莲灯也留给了沉香，希望它护佑沉香平安长大。

却说那刘彦昌高中状元后回家，却不见妻儿，早已心急如焚。等朝霞仙子把事情的经过告诉他后，他又着急又痛心，但也知道自己不是二郎神的对手，只能忍耐下来，默默

抚养沉香长大。

沉香渐渐长大了，发现别的小伙伴都有母亲，自己却没有。他哭着问父亲，父亲才把事情的经过告诉他。沉香难以置信，伤心至极，原来自己的母亲一直被压在华山底下受苦，自己身为人子，竟然对此毫无办法。

刘彦昌叹气道：“二郎神法力无边，我们是斗不过他的。但是只要你长大了，有了真本事，何愁不能与他一斗，救出你的母亲呢？”

从这天起，沉香就在心里暗自发誓，要努力地学习本事，积蓄力量，一定要尽快救出母亲来。他打听到灵台山的霹雳大仙法力高强，便跋山涉水去灵台山拜师学艺。霹雳大仙起初不同意，他就日复

一日地跟在霹雳大仙身后默默做事，让霹雳大仙看到自己的诚意。终于，霹雳大仙被他的诚意打动，收他为徒，教授他六韬三略、百般武艺、七十三变。学艺的道路无疑是极其辛苦的，沉香不知道流了多少血汗，受了多少苦痛，每当坚持不住时，他就看向巍巍群山，想着被压在山下受苦的母亲正在等待着他，就又积蓄起了无穷的能量。

就在这样坚持不懈的努力下，沉香终于在十六岁那年学成出师。在他离开之前，霹雳大仙更是指点他采集金刚砂石熔炼成一把神斧。神斧被抛到空中，就会变成一条张牙舞爪的神龙。有了神斧在手，沉香更加坚定了救出母亲的信心。他拜别师父，腾云驾雾来到华山，对着莲花峰大喊了三声娘亲，等喊到第三声时，已是满眼含泪。沉香的声音传到母亲耳朵里，也激起了她无限的爱子之心，她既想赶快见到日思夜想的儿子，又担心自己的哥哥不会放过沉香，心情真是极度复杂。

二郎神也发现了沉香的踪影，他警告沉香不要轻举妄动，他的母亲与凡人相恋，触犯了天条，这是应受的惩罚。

沉香见这位本该是自己舅舅的人冷情冷意，视规矩比天大，气得抡起大斧与他战了起来。他们打得异常激烈，刀来斧往、上天入地、江翻海涌。朝霞仙子还特地去求了这方圆百里的其他神仙，告知了事情的经过。这些神仙被沉香的孝心所感动，又看着二郎神咄咄逼人的模样，心里亦是十分不忍，纷纷暗中相助沉香，于是沉香越战越勇，终于战胜了二郎神。

待二郎神没有了抵抗之力后，沉香祭出神斧，使出浑身的力气朝莲花峰猛地一劈，劈开了这座巍峨的大山，救出母亲。

母子终得团圆，天帝感念沉香的孝心，敕封了他一个仙职，二郎神也给妹妹一家认错讲和。从此，一家三口其乐融融地生活在一起。

阅读与感悟

为了救出母亲，小沉香吃了不少苦，可是他没有退缩。他努力地学本领，一心想要救出自己的母亲。最后他成功了，一家人终于团圆了。我们也要向沉香学习，有孝心，有毅力，在日常生活中，学习本领，多做些力所能及的事，为父母排忧解难。

怪相真仙铁拐李

八仙之一的铁拐李，跛足，面貌丑陋。相传他本来生得魁梧体面，跟着老子学道，隐居在岩穴之中。

有一天，他跟着师父老子去神游华山，暂且把自己的躯壳留在洞府中。临走时，他对自己的弟子说："如果七天七夜后我的神魂还没有回来的话，就说明我已经得道成仙，你就把我的躯壳焚化了吧！"嘱咐完，他便飘飘然游山玩水去了。

铁拐李那个弟子倒是很听话，在洞府中守着师父的躯壳寸步不离。

这弟子整整守了五天，到了第六天的时候，他的哥哥跑来给他送信，说是老母亲生命垂危，非常想见他一面，让他无论如何也要回去一趟，如果晚一点儿，可就永远见不到老母亲了。

铁拐李的这个弟子一听，急得如热锅上的蚂蚁，恨不能肋生双翅，马上飞到老母亲的病床前。可是，他又想到师父临走时一再叮嘱，让自己一定要守到第七天。

再有一天就可以完成师父的嘱托了，他便决定无论如何都要坚持把这最后一天守完。

到了第七天的早晨，心急如焚的弟子看师父还是没有回来，便有些沉不住气了。

他好不容易熬到了中午，最后实在等不及了，便一把火焚烧了铁拐李的躯壳，急急忙忙跑回家去看望他的老母亲了。

铁拐李在外面游玩了七天，到第七天傍晚时分，他风尘仆仆地赶回自己的洞府，一看，顿时大吃一惊：弟子不见了，自己的躯壳已经被焚化了。这可怎么办哪？

自己的躯壳没了，神魂该归于何处呢？铁拐李无依无附，只好到处漂泊。

一天，他看到树林里有一具尸体，便不管三七二十一，钻了进去。可是当他站起来的时候，他却觉得有些不大对劲，原来这具尸体竟是个跛足。

铁拐李来到一个池塘边，看了看自己的样子，这一看把他吓了一跳，只见他蓬头垢面，双目深陷，活像一具骷髅，丑陋不堪。

正当他懊悔自己没有找对身体的时候，忽听身后有人拍手说:“不可只看相貌,真道应该到形体表相之外去求得。你只要用心修炼,便可以成为怪相真仙。”原来说话的是他的师父老子。他听了师父这番开导之语,茅塞顿开,不再为自己的相貌而难过了。

老子见他头发乱蓬蓬的,确实不像样子,便送了一个金箍给他,让他束住乱蓬蓬的头发;又给了他一根铁拐杖,让他拄着走路。他因此得了“铁拐李”这个绰号。

从此,这个相貌奇特、跛足拄拐的神仙,身背葫芦,云

游四方，专为人们除灾解难。

阅读与感悟

铁拐李的徒弟没有听从铁拐李的叮嘱，害铁拐李丢了躯壳。铁拐李没有怪罪徒弟的失误，反而因此参悟到身体的美丑只是外在之物，修炼内心才是得道正途的道理，最终得道成仙。

对于文中铁拐李神魂可以进出身体的内容，我们要深刻认识到这只是神话传说中的提法，现实中是不可能存在的。

吕洞宾画鹤

吕洞宾成仙后，云游四海，扶危济困。

一天，吕洞宾游览完岳阳楼，来到洞庭湖畔的一家小酒店。

他听附近的人说，这家小酒店的主人辛氏为人宽厚，乐善好施，童叟无欺。虽然来他店里的顾客也不算少，但他的家境并不富裕，每天的收入仅够糊口。

吕洞宾想看看店主的为人是否真如传言所说的那样，于是他信步进了酒店，拣一个靠窗的座位坐了下来，呼唤店主辛氏为他上酒上菜。

店主辛氏见吕洞宾身着黄色长衫，腰系黑色丝带，头戴一顶华阳巾，双眉入鬓，凤眼朝天，仙风道骨，一看就不是等闲之辈，于是毕恭毕敬地伺候他。

可是，吕洞宾酒足饭饱之后，却分文不付，大摇大摆地离店而去。店主辛氏竟也没有向他讨要饭钱。

第二天中午，吕洞宾又到辛氏的酒店大吃大喝了一顿，仍然是一文钱也不付，抹抹嘴巴就走。

就这样，他一连在这家小酒店中吃喝了半年之久，而店主辛氏一直没有开口向他要账。

这一天，吕洞宾又来到辛氏的酒店，酒足饭饱之后，他把店主辛氏叫过来，对他说："我欠你的账太多了，现在请你给我拿几个鲜橘子来。"

店主辛氏听后莫名其妙，心想："欠的账与橘子又有什么关系呢?"他虽然疑惑，但还是答应着，给吕洞宾拿来了几个刚刚摘下来的鲜橘子。

只见吕洞宾接过橘子，剥下几片橘皮，走到酒店正面的白墙前面，登上旁边的椅子，在雪白的墙上画了一只黄鹤。这鹤与真鹤一般大小，栩栩如生，仿佛马上就要展开翅膀飞起来了。

吕洞宾对店主辛氏说："有客人来店中饮酒，你只要招呼它一声，它就会飞下来，按照你歌声的节拍跳起舞来。我现在就用这只鹤来报答这几个月以来你对我的款待吧!"吕洞宾说完，扬长而去。

后来，客人们来这里饮酒，辛氏只要招呼那黄鹤一声，它就真的应声从墙上飞下来，和着歌声在客人面前跳出优美的舞蹈，为客人助兴。跳完后，它还会自动飞回墙上。

人们听说了这件事，觉得非常奇异，便想亲眼看一看，于是都争先恐后地从四面八方赶到这里饮酒，借此一睹黄鹤起舞的风采。店主辛氏的生意越来越好，没几年，他就成了当地的大富翁。

有一天，吕洞宾又来了。店主辛氏一见是自己的恩人来了，立即摆上美酒佳肴，热情地款待他。席间，吕洞宾问店主辛氏：“近来生意如何？客人来得多吗？”

店主辛氏高兴地说：“托您的福，自从您给我画了那鹤之后，我这里每天顾客盈门，我现在的生活已经很富裕了。”

吕洞宾听罢，便从怀中取出玉笛，吹了一曲，那黄鹤便从墙上飞了下来。吕洞宾跨上鹤背，黄鹤展开翅膀，腾空而去。

阅读与感悟

店主为人宽厚，乐善好施，吕洞宾考验并帮助他，使他过上了富裕的生活。店主事先并不知道吕洞宾是神仙，所以他的善意是发自内心的，并不具有功利目的。现实中没有神仙，但为了让世界更美好，我们也要尽可能地帮助他人，不求回报。

哪吒闹海

从前，有一位大将军，叫作李靖，他的夫人生孩子时，生下来一个圆圆的肉球，在地上滚来滚去。李靖说：“这一定是个妖怪。”他便拿出宝剑来，朝着那肉球一劈。真怪，那肉球一裂开，从里面跳出一个男娃娃来，胖胖的，可招人喜欢了。

李靖看呆了，正不知道该怎么办时，太乙真人就找来了。“恭喜，恭喜！我知道你家夫人生了个男娃娃。这娃娃很了不起，让我收他为徒吧。”太乙真人边说边拿出一个镯子和一条红绫交给李靖，“这是我送给徒弟的礼物。镯子叫作乾坤圈，红绫叫作混天绫。”

这娃娃就是哪吒。哪吒七岁那年，有一天，天气热极了，他就到大海里去洗澡。他拿着混天绫在水里一晃，就掀起大浪，大浪把东海龙王的水晶宫震得东摇西晃。东海龙王吓了一大跳，就派了一个夜叉上去看看到底是怎么回事。夜叉钻出水面一看，原来是个娃娃在洗澡，夜叉举起斧头就砍。哪吒可机灵啦，连忙把身子一闪，取下乾坤圈，向夜叉扔去。别看这乾坤圈小小的，实际上，它比一座大山还重。乾坤圈正好打中夜叉的脑袋，把他打死了。

东海龙王听说夜叉被打死了，气得一个劲儿地吹胡子，就叫他的儿子三太子带上兵，去捉拿哪吒。三太子的兵都是什么呀？虾、鱼、蚌、螃蟹，哩哩啦啦一大串。

三太子冲出水面，对哪吒说："打死我家夜叉的是你吗？"

哪吒说："是我，是我。我好好地在洗澡，你家夜叉话也不问一句，就拿斧头劈我，我用乾坤圈碰了他一下，他就死了。他那么大的个儿，怎么一点儿也不经打呀？"

三太子蛮不讲理，举起枪就刺，哪吒让了他好几次，可是三太子就是不放过他。

哪吒急了，就把混天绫一扔，这混天绫马上喷出一团团火焰，把三太子紧紧裹住，使他怎么也逃不掉。哪吒又拿乾坤圈一打，把三太子也打死了，吓得那些虾兵蟹将连滚带爬钻到水里去了。三太子一死，就现出原形了，原来他是一条小龙。

东海龙王听说自己的儿子也被哪吒打死了，又是伤心，又是生气，就变成一个读书人的样子，离开水

晶宫，来找李靖了。龙王气冲冲地对李靖说："你生的好儿子，打死了我家夜叉，又打死了我的三太子！"李靖说："您弄错了吧，我的长子和次子均在外学艺，小儿子哪吒才七岁，能打死人吗？"龙王说："就是哪吒！你不信就把他找来问一问。"

李靖找到哪吒，哪吒承认自己打死了一条小龙。李靖这才知道哪吒真的闯了大祸，只好带着他去见龙王。哪吒看见龙王就说："老伯伯，我不是故意打死您家三太子的。他用枪刺我，我让了他好几次，可是他还一个劲儿地追着打我。我没法儿了，才还了手。"

东海龙王愤恨地说："我的儿子能让你白白打死吗？我要到天宫去告你的状。"说完，他就乘着云彩上天宫去了。几天后，东海龙王请了南海、西海和北海的龙王，带着虾兵蟹将来了。

李靖听说了，慌忙出门来迎接。东海龙王见了李靖，大叫一声："快给我把他绑起来！"

虾兵蟹将立即上前，把李靖绑了起来。

龙王们还口吐洪水，淹当地百姓。哪吒实在看

不下去了，就从屋里跑了出来，对东海龙王说："打死夜叉的是我，打死三太子的也是我，我一个人做的事，由我一个人来承担。"说完，他抽出宝剑，自杀了。

四海龙王这才放了李靖，收兵回去了。

哪吒的师父太乙真人听说哪吒死了，就在荷花池里摘了荷花、荷叶，又挖了几节嫩藕，摆成一个人的样子，大叫道："哪吒，哪吒，还不快快起来！"然后，那荷花、荷叶和嫩藕就慢慢变成了哪吒的样子。师父又给了哪吒两件宝贝：一支火尖枪，两只风火轮。从此以后，哪吒的本事更大了。

阅读与感悟

哪吒虽然年纪小，但是本领很大。他遇到挑衅他的人一点儿也不惧怕。三太子骄横任性，欺负别人，最后吃了大亏。生活中，我们不能欺负别人，也不能任人欺负，要懂得用适当的方式来保护自己。神话故事中的哪吒死了可以复生，但在现实生活中，人死是不能复生的，我们千万不要模仿哪吒的行为。

愚公移山

很久以前，在冀州南边、黄河北岸，有两座山，一座叫太行，一座叫王屋。这两座山可不是一般的小山，方圆七百里，高入云霄，就像两个威武的壮士。

有一位叫愚公的老人，年近九十岁了，面对着这两座山住着。由于这两座山的阻隔，每当他要到山的对面去时，总要绕很远的路。

终于有一天，愚公仰头看着面前的两座大山，沉思良久，大手一挥，召集全家人，对他们

追本溯源

《愚公移山》是《列子·汤问》中的一篇寓言小品文，其中写道：“北山愚公者，年且九十，面山而居。惩山北之塞，出入之迂也……遂率子孙荷担者三夫，叩石垦壤，箕畚运于渤海之尾……”这表现了当时人们征服自然的愿望。

说："我们一起把这两座山铲平如何？这样我们才能通行无阻。"

"铲平两座大山？"愚公的家人们乍听都难以置信，有的人赞成，有的人却怀疑。妻子首先劝道："老头子呀，咱们都是半截身子入土的人了，你说说你能铲得平山吗？况且就连这两座大山铲出来的石头，咱们都不知道该往哪儿放呢！"

"往渤海去！渤海这么宽广，还怕装不下这两座山吗？"已经有脑袋灵活又嘴快的人开始开动脑筋了。

大家听了都很赞成，于是，铲平大山的工作便如火如荼地开始了。全家老少，挖土的挖土，装泥的装泥，运石头的运石头，就连隔壁邻居家的小孩子听说了，都咧着刚刚换牙的小嘴，蹦蹦跳跳地走过来加入，帮忙一趟趟地挖小石头。愚公的子孙们还专门挑选了几个人装车运送倒往渤海的石头和泥土，渤海离他们家可不算近，一年时间差不多才能往返一次，但这些人都说说笑笑地推着车出门上路了，竟是一派井井有条、热火朝天的景象。

住在黄河边的老头儿智叟，从年轻的时候就一直被人夸聪明，和愚公简直是两个极端。他听说了愚公移山的事情，忍不住捧腹大笑。他对愚公说：“你可真不愧是从小愚蠢到老的‘愚公’啊！也不想想自己已经这么一大把年纪了，现在还想要移山，不觉得太迟了吗？”

愚公听了，没有生气，而是同情地看了他一眼，说：“我立下了这个志愿，今后就会带着家人朝着这个目标努力，就算我死了，我的儿子仍会继续移山的工作，儿子又生了儿子，孙子又生了儿子，子子孙孙连续不断，山却不会变高变大，何必发愁不能铲平呢？你说我愚蠢，可自诩聪明的人竟然想不到这一点，真正愚蠢的人究竟是谁呢？”

智叟无言以对，他看着愚公的家人们齐心协力忙碌着的模样，惭愧地摸了摸鼻子，走了。

不久，山神知道了这件事，他怕愚公不停地挖下去，便将此事报告给了天帝。

天帝心想，这个愚公可真是个了不起的人物哇！一介凡人，没有绵延不绝的神力，更没有无穷无尽的寿命，却能够为了这么宏伟的目标努力。天帝非常敬佩愚公，于是决定帮助他完成移山的心愿。

天帝召来夸娥氏的两个儿子，叫他们即刻到人间去，将太行、王屋两座高山移走。

夸娥氏的两个儿子接到天帝的命令，一点儿都不敢怠慢，立刻就到了人间。他们两个，一个背着太行山，一个背着王屋山，三步两步，一个将一座山搁在朔方东边，一个将另一座山放到雍州南边。

从此以后，冀州之南，直到汉水的南面，再也没有任何高山阻隔，而且有好几条笔直平坦的大路通往外界，人们

来来往往变得非常方便。愚公和家人们最爱做的事便是在家门口悠闲地一边晒着太阳，一边和乡亲们讲述着这段神奇的故事。

阅读与感悟

愚公并不愚蠢，他相信即使他死去，也会有无穷无尽的子孙加入移山的队伍，而山不会变高变大，所以总有一天会被铲平。正所谓“有志者，事竟成”，遇到困难和挫折的时候，愚公移山的精神一定可以激励我们坚持不懈。

望帝化鹃

古时候，在西南方有一片非常肥沃的土地，这里便是蜀国。生活在这里的民众勤劳善良，过着幸福宁静的生活。随着部族的逐渐壮大，这里也诞生了蜀国第一个王——蚕丛。

蚕丛有一双非常奇特的眼睛，是竖直向上的，因而被称为“纵目人”。蚕丛勤劳聪颖，他向黄帝的妻子嫘祖虚心请教，学习了养蚕技术，并将这项技术教给了自己的族人，让大家的日子过得更好了。

百姓们都很拥戴蚕丛，不管他走到哪里大家都跟随前往。所以，蚕丛所到之处，很快就会形成一个热闹的部落，而部落的人也很快就会掌握养蚕的技能，生产出很多好东西，蜀国因此越来越富足。

蚕丛去世之后，他的子民开凿石棺为他下葬，以此来表达对他的纪念与不舍。后世的子孙也效仿这种方式，逐渐形成了用石棺下葬的风俗。后人也就将这一部族的墓地称为“纵目人冢”。

蜀地在蚕丛去世之后又出现了一个名为柏灌的王，柏灌之后鱼凫又继任了王位。这两位王都为蜀地百姓的生活带来了福祉，让大家过上了美好的生活。

蚕丛、柏灌和鱼凫分别统治蜀地百余年。但鱼凫去世之后，蜀地一直没有诞生一个能够统领大家的王。

蜀地的百姓一直期盼有一个出色的领袖。多年之后，一个男子忽然从天而降，掉在了蜀国东南一个叫朱提的地方。

这个男子自称名叫杜宇。百姓们认为他一定是上天派来拯救蜀地百姓的奇人，于是便将他奉为蜀王，也叫他“望帝”。

望帝没有辜负百姓的期望，他励精图治，时常都在思考如何让百姓过得更好。他关心大家的每一餐，教导大家如何种粮食，让蜀地告别了茹毛饮血的时代。他还很懂天时变换，总是及时提醒大家按照节气变化来种田生产。每到春

天，他就敦促大家开始播种。有了他的领导，大家都能吃饱饭了。

由于蜀国总是闹水患，这也成了望帝心头最为烦恼的事。他日夜忧心，头发都白了，一直寻求可以根治水患的办法。

有一年，长江又开始发大水了。人们站在岸边观察水势的时候，忽然发现水面漂来一具男人的尸首。奇怪的是，别的东西都随着水流向下，这具男尸却逆着水流从下游漂来。

众人七手八脚将男尸从水面拖上岸，谁知道他一上岸就活了过来。

男子说自己叫鳖灵，原本是楚国人，因为在水边行走的时候失足落水，所以被淹死了。他一路从楚国漂到了蜀国，又在这里复活，觉得这一定是天意，便留在了蜀国。

望帝听说江水逆流送来了一个怪人，心里也觉得奇怪，便让人请鳖灵来相见。两人见面之后聊得非常投机，望帝发现鳖灵不仅头脑聪明，而且他生在多江河的荆楚，很懂得水性。这让常年受到水患困扰的望帝如获至宝，急忙向他请教，鳖灵也提供了很多治水的策略。于是，望帝便把鳖灵封为丞相。

鳖灵做了蜀国的丞相后没多久，蜀地就暴发了一场大洪水。

这场洪水的起因是玉垒山阻碍了水流通路，导致洪水到处泛滥。其水势之大，堪比尧帝时期暴发的洪灾。人民浸泡在洪水之中，痛苦不堪。大家只能整天祈祷上天垂怜，祭拜龙王请他大发慈悲。但这些办法都不起作用。

望帝将治水的重任交给了鳖灵，鳖灵学习当年大禹治水的方法，疏导江河，带着大家将玉垒山凿开，让水流有了通路，洪水顺着岷江的河道流走了，水患也就自然解除了。人民又过上了安居乐业的好生活。

鳖灵治水归来，望帝非常感激他。此时的望帝已经一百多岁了，他觉得鳖灵可以给百姓带来更多福祉，便学习尧舜的禅让方式，主动将王位传给鳖灵，他自己隐居到西山去了。

鳖灵接受了望帝的禅让，成为蜀国的新王，号称开明帝，又叫丛帝。

望帝虽然隐退了，但他心里却一直放不下蜀地的人民。他死后，魂魄化作了一只杜鹃鸟，每到春暖花开的时候，它就会飞出来催促人们趁着农时播种，所以杜鹃的另一个名字

就叫杜宇。

开明帝的王位一直传续了十二世。到了春秋战国时期，蜀国的王还是他的后代。

这一时期的秦惠文王垂涎蜀国的富足，很快将蜀国吞并。

望帝灵魂所化的杜鹃一直都在关心着蜀国，当他看到故国灭亡，而自己却什么都做不了，内心难免悲伤怨恨。杜鹃只能用一声声的悲鸣表达自己的难过。

每年春天，杜鹃都会在桃树上鸣叫，它的叫声好像在说："不如归去！不如归去！"蜀国的旧民听到它的叫声，都会默默地说："我们的旧君望帝的魂魄又回来了。"

阅读与感悟

望帝是个关心百姓的好君主，在位时用心治理国家，死后化身杜鹃鸟依然想着百姓们的疾苦。我们是祖国的花朵，更要热爱我们的祖国。对于文中关于望帝死后化身为杜鹃的内容，我们要深刻认识到这只是神话传说中的提法，现实中是不可能发生的。

牛郎织女

相传很久以前，一户穷人家有个聪慧而忠厚的孩子。他听老人们说伏牛山中卧着一头老黄牛，就打算到山里去把那头牛牵回来耕田。

一天，他辞别家人，翻山越岭，攀越了九十九座山，跨过了九十九道涧，终于看到那头老黄牛正卧在一块平整的大石头上，并且已经是瘦骨嶙峋、老态龙钟的样子了。于是，他跪下磕了个头，喊了一声“牛大伯”，便请老黄牛跟着他走。

老黄牛睁开了双眼，默不作声，然后又把眼睛合上了。他看老黄牛一副无精打采的样子，心想老黄牛一定是饿了，他就动手给老黄牛薅草。他薅着，老黄牛吃着，他薅了一捆又一捆的草，但总也供不上老黄牛吃。就这样，老黄牛被他整整喂了三天。老黄牛吃饱了，抬起头对他说：“孩子，我原本住在天上，盘古开天辟地的时候，地上没有五谷，我偷了天仓的五谷撒了下来，触怒了玉帝，他把我从天庭踢了下来。我摔坏了腿，至今还无法动弹。我的伤需要用百花露水洗一百天，才能痊愈。”

那孩子听了，便急忙去找百花露水。他饿了就吃山上的野果，渴了便喝几口山泉，晚上就睡在老黄牛的身旁。一百天过去了，老黄牛在孩子的精心照料之下，终于可以站起来了，于是便跟着他一起回家去了。

从此，孩子与老黄牛相依为命。孩子白天去放牧，夜里就和老黄牛睡在一起，于是，人们都称他为牛郎。时光悄逝，转眼间牛郎已经长大成人了。他的嫂子提出要与他分家，房子和地他都不要，他只要老黄牛和一辆坏牛车，外加一只破皮箱。他来到村外搭了一个茅草棚，就和老黄牛在这里住了下来。

第二天，老黄牛从嘴里吐出了一颗扁豆，并向牛郎点头示意，让他把扁豆种起来。牛郎把扁豆种在门前，没几天，扁豆就长出了秧。于是牛郎就搭起了架子。又过了几天，扁豆秧爬满了架子。老黄牛对他说：“你夜里藏在扁豆架下，能看到天上的仙女，天上的仙女也能看见你。如果谁朝你偷看了七个夜晚，那么她就是想做你的妻子，我就拉上车带着你，把她接到凡间，让她与你结婚。”

夜里，牛郎钻到扁豆架下向天上望去，果然看到一群仙女，其中一个仙女偷看了他一眼。第二天夜里，只见那个仙女面带娇羞地看着牛郎。第三天夜里，她望着牛郎微笑。第四天夜里，她向牛郎轻轻地点头。第五天夜里，她端出一篮蚕。第六天夜里，她拿出一架织布机。第七天夜里，她拿着织布梭向牛郎招手。

牛郎和仙女，一个在地上，一个在天上。牛郎盼着仙女下凡，仙女盼着牛郎娶她为妻。到了七月初七那天，从天上飞落一只喜鹊，落在老黄牛的头上，对牛郎说："仙女差我来，叫你快去娶她。"于是，牛郎套上车，坐上去。老黄牛四蹄腾空，很快就到了玉池边上。仙女和牛郎并肩坐到车上，很快便回到了家。

追本溯源

周代《诗经·小雅·大东》记载："维天有汉，监亦有光。跂彼织女，终日七襄。虽则七襄，不成报章。睆彼牵牛，不以服箱。"其中出现了有关织女、牵牛星宿的记载，一直以来被认为是牛郎织女传说的萌芽。

牛郎娶了一个漂亮贤惠的妻子，她养蚕抽丝，织出的绸缎非常漂亮。那些绸缎做成的衣服，冬暖夏凉，穿起来非常舒适。人们都说她的织布机是从天上带来的，于是称她为织女。消息传出之后，天南海北的商人都来买她织的绸缎。

幸福的时光总是过得很快，不知不觉，三年过去了，织女为牛郎生了一儿一女。牛郎种田，织女织布，他们的小日子过得幸福甜蜜。年轻的姑娘、小伙子都十分羡慕他们，便问他们是如何走到一起的。于是牛郎指指扁豆架，说出了他们相识的原委。

小伙子们和姑娘们把牛郎的话记在了心里，当扁豆熟了的时候，他们都争着来采摘，并把扁豆种到自己家的院子里。等扁豆秧爬满架子，他们也偷偷地钻到扁豆架下，向天上张望。小伙子们盼着能看到偷看他们的仙女，而姑娘们则盼望能看见偷看她们的仙童。但他们盼哪，盼哪，谁也没能实现自己的愿望，因为他们都没有得到老黄牛的帮助。

牛郎和织女平平安安地又过了几年。有一天，牛郎正赶着老黄牛耕田，突然，晴空里滚来了一阵轰隆隆的响雷。老黄牛眼中涌出了泪水。它对牛郎说：“我把织女从天上接下来，犯了天条。现在天鼓响了，我的生命将要结束了。我死了之后，王母娘娘将会来拆散你们夫妻。你记着，把我的肉吃了，可以脱凡成仙；把我的皮做成靴子，穿上能腾云登

天。”老黄牛说完，便轰然倒地死去了。牛郎伤心地大哭了一场，便按照老黄牛的嘱咐去做了。

七月初七那天，牛郎正在田里锄地，他的两个孩子哭着从家里跑来了。他们抱住牛郎的腿说：“家里来了个老婆婆，什么话也没有说，就把母亲拉走了。”

牛郎知道肯定是王母娘娘来了，赶忙扔下锄头，拉着一儿一女，腾空就追。眼看就要追上时，王母娘娘拔下头上的金簪在脚下一画，一条波涛滚滚的大河便出现了。大河阻挡了牛郎前行的步伐，牛郎只能拉着孩子，站在河边放声大哭。哭声惊动了玉帝，他看到一对孩子怪可怜的，便动了恻隐之心，叫他们一家四口在每年的七月初七这天相会一次。

牛郎一家人都不见了，地上的人们都感到十分奇怪。他们平时待人宽厚，因此大家也都很关心他们。可是，人们无论怎样打听，寻找，也不见他们全家的踪影。于是，有人想起来，可以到扁豆架下去看看。站到那里向天上一望，人们才明白发生什么事情了。只见一条大河，波涛滚滚，织女站在河这边哭，牛郎拉着孩子站在河那边哭。人们擦着眼泪离开扁豆架，向天空望去，发现繁星闪烁的夜空中多了一条又宽又长的银带，人们就称它为天河。天河的一边有一颗十分明亮的星星，人们叫它织女星；另一边有三颗星星，人们叫其中最亮的那颗为牛郎星。

每当想念牛郎织女时，人们就站在扁豆架下向天上望一望。到七月初七那夜，人们突然看见满天喜鹊向天河飞去，它们互相叼着尾巴，搭建起一座鹊桥。牛郎领着一对儿女上了桥，织女也上了桥，一家人终于在鹊桥上相会了。

阅读与感悟

这是一段凄美而又感人的故事，牛郎织女千年相守的情意也让人忍不住潸然泪下。牛郎身上的朴实、善良、勤奋的特质赋予了这一人物独特的魅力。当读到他带着孩子追赶织女时，相信每个读者都被他的执着打动了；鹊桥相会的结局也给这一神话故事的悲剧结尾带来了几丝浪漫的温情。作为一段流传千百年的神话传说，打动我们的不应只是牛郎织女间的感人爱情，牛郎那不畏强权、勇于抗争的精神也该被我们深深铭记。

我的读后感

读《中国神话故事》有感

走进神话的世界，我们不难体会到人类对自然的好奇与崇拜、面对灾难和困苦的不屈与斗争、对英雄人物的敬仰与热爱、对纯真感情的讴歌、对美好生活的向往、对邪恶人物与势力的憎恶……走进神话的世界，我们会认识许多可爱的人物：为民造福的伏羲、神农氏、大禹、后羿；为理想奋斗不止的愚公、夸父；为人类文明发展立下功劳的燧人氏……

在众多的神话故事中，我最喜欢的故事是《愚公移山》。故事讲述了愚公家门口的两座大山挡住了愚公一家的去路，使他们的生活十分不便，所以愚公决定要移走这两座山。于是他和他的家人们开始日以继夜地挖山，虽然他们的行为引起了别人的嘲笑和不解，但愚公却选择坚持下去。后来，天帝听说了愚公的故事，他觉得愚公的行为很值得敬佩，于是便派了两位神仙来帮助他完成移山的心愿。

这是什么？这是一种不服输的精神，正是这种精神激励着我们向前进，最终超越自我，达到我们的奋斗目标。只有这样，我们才能成功；只有这样，我们才能有收获；只有这样，我们才能看到希望……

现在看来，有些神话传说好像虚无缥缈，但是，这是古时人类对自然与宇宙进行想象和探索的记录，也是人类征服自然、改造自然的执着精神的体现。

虽然这些神话传说产生的年代距离我们已非常遥远，但故事中所蕴含的中华民族的伟大创造精神，依然在我们的血液里流淌着！